THE SCIENCE OF BREAKABLE THINGS

爱的
科学实验

〔美〕泰·凯勒/著　徐匡/译

重庆出版集团　重庆出版社

图书在版编目(CIP)数据

爱的科学实验／（美）泰·凯勒著；徐匡译.
重庆：重庆出版社，2024.7. --ISBN 978-7-229
-18844-3

I.I712.84

中国国家版本馆 CIP 数据核字第 2024FD6965 号

爱的科学实验

AI DE KEXUE SHIYAN

[美]泰·凯勒／著　徐匡／译

策划编辑：熊　思
责任编辑：范　佳　夏　添
责任校对：陈　琨
装帧设计：卓丽莉

重庆出版集团 出版
重庆出版社

重庆市南岸区南滨路 162 号 1 幢　邮政编码：400061 http://www.cqph.com
心喜阅信息咨询（深圳）有限公司策划
咨询热线：0755-82705599 http://www.lovereadingbooks.com
深圳市福圣印刷有限公司
重庆出版集团图书发行有限公司发行
邮购电话：023-61520656
全国新华书店经销

开本：889mmx1270mm　1/32　**印张**：8.75　**字数**：100 千
2024 年 9 月第 1 版　2024 年 9 月第 1 次印刷
ISBN 978-7-229-18844-3
定价：59.00 元

如有印装质量问题，请向本集团图书发行有限公司调换：023-61520678

目
录

第四步：假设

第五步：步骤

第六步：实验

第一步：观察

这是科学方法的第一步！

努力磨炼观察技巧！看看周围的世界发生了什么！记下看到和经历的一切！

#尼雷先生的科学探索课

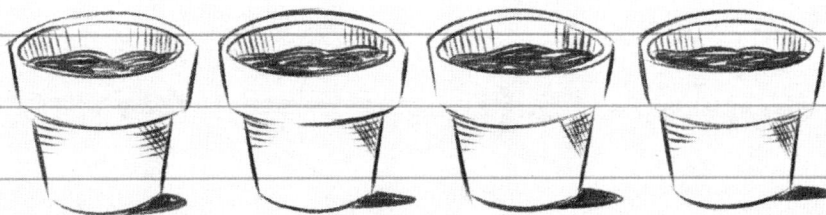

9月5日
作业1：观察周围的世界

尼雷先生在黑板上写下了第一道作业，他让我们把它记在科学实验本上。尼雷先生的板书很潦草，书写时黑板吱吱作响。这个被他称作"科学方法"的东西让他兴奋不已。真搞不懂他为什么要用话题标签"#"，还把好端端的"技巧"一词写成skillz[①]。不过，对待像他这样的老师，你没有必要去自寻烦恼，追问他为什么要这样或那样做。

对于科学实验本，尼雷先生可是寄予了厚望。很显然，在他看来，教会学生如何致力于一项长期的科学课题的研究十分重要，而这道作业就是一个极好的解决方案。大致说来，作业要求我们观察某样我们感兴趣的东西，然后花上一整年的时间把"科学方法"应用到解决我们的"大问题"的过程中来。

我们刚一坐下，他就把这些愚蠢的作文本发给大家，说："这个本子将是你们的探索日记！你们将在这个本子上记下实验数据，完成我布置的作业，并且记录下有史以来最伟大的科学之旅——一场专属于你们的科学之旅！"

---

①一个手机游戏电竞平台。——译者注

我们都瞪大了眼睛，不知道他说的这番话是否当真，而他的确是认真的。

"你们今年的主要任务就是要建立一套专属于自己的科学方法。一切都从一个'大问题'开始，它就是那个能够点燃你生命热情的东西。"尼雷先生做了一个夸张的大爆炸的手势，引得坐在后排的某个同学咯咯咯地笑了起来，这一下他备受鼓舞，"等到这学年结束，我就成了要向你们学习的人，我要向你们学习知识。"

尼雷先生刚来不久，所以还很乐观，但是我私下里认为他布置的这道作业注定要失败。英语老师杰克逊太太去年让我们写日记，她觉得这会对我们大有益处。她只提了一个要求：到学年结束的时候交一本写满五十页的日记，内容要发自内心。你也许能猜到，所有人都在交作业的前一天才忙着把五十页内容一口气写完。我的日记里基本上都是歌词，用我最粗、最潦草的字体抄写而成。

严格说来，尼雷先生布置的是家庭作业，但我觉得现在就开始做也没有什么不妥。好了，闲话少说，我最亲爱的科学实验本，下面便是我——娜塔莉·拿波里的科学观察[①]：

• 尼雷先生讲话的时候总爱挥舞两只手臂画着大圈，这让他

[①]这将是你读过的最精彩的科学观察。想象一下，你正听到一串击鼓声。快，开始想象！

看起来像是一个过于热情奔放的草裙舞者。他穿的纽扣领白衬衣在深棕色皮肤的衬托下，显得格外亮白。只要他一动，衬衣上就会起皱褶。

• 他跟我们说，他希望我们能"享受科学的乐趣"。

• 米凯拉·曼泽举起了手。

• 米凯拉·曼泽没等老师点名便自告奋勇地回答。她说："科学真的是我生命的欢乐。此时此刻，我真的是在拥抱它。"

• 米凯拉·曼泽什么也没拥抱。她只是坐在我斜对角的课桌旁，双手交叉放在胸前，一条又黑又粗的大辫子盘绕在肩膀上。

• 米凯拉·曼泽的身上散发着防晒霜的味道，她使得整间教室都弥漫着这股味道。教室里的空气又潮又热，源泉中学要是有空调就好了。

• 我希望家里有足够的钱送我去希谷中学读书，那里有空调。可妈妈"病了"，爸爸说我们得勒紧裤腰带过日子。

• 不管怎样，源泉中学毕竟还有特薇格①。她家人绝对供得起她去希谷中学。这么一想，待在源泉中学也没什么不好。

• 尼雷先生叫我名字了，但我没听到他说什么，只好对他点点头，露出最好的"拥抱科学"的笑容。

• 尼雷先生说："我很高兴你对这项作业这么感兴趣。不过

———————
①特薇格：我在整个银河系里最好的朋友（这是她的原话）。

娜塔莉，观察是家庭作业，课堂上要注意听讲。"

- 我现在注意听讲了。

- 米凯拉·曼泽的身上还是散发着防晒霜的味道。

第二步：问题

　　世界上有哪些东西让你感到困惑？找一样你感兴趣的东西，全心全意去研究！戴上侦探帽，变成一名私家侦探，或者说，变成一个科学调查员！

　　#七年级侦探

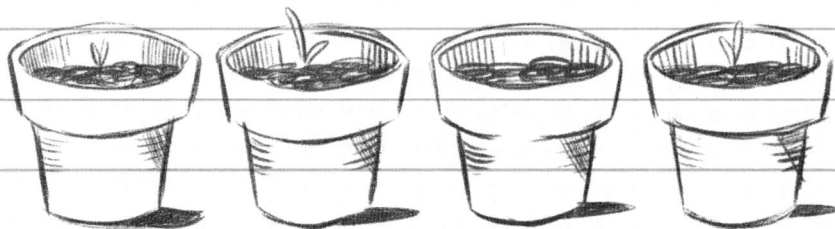

9月8日

作业2：提问

今天尼雷先生在课堂上让我们挨个念出自己的科学问题。汤姆·K说："电池电压达到多少伏后会发生内爆？"米凯拉·曼泽[①]说："植物在不同的光照条件下会如何生长？"

我没做作业，等到尼雷先生叫我的时候，我还没想出任何问题，于是我只好随口说了一句："尼雷先生为什么要用这么多话题标签？"

话一出口，我就脸红了，手心也开始发痒。我还从没有对一位老师如此无礼。不过，我的问题引得特薇格哈哈大笑，她在教室的另一侧冲我竖大拇指。米凯拉则翻了翻眼珠子，把辫子从一侧肩膀甩到另一侧。[②]

其他人都不知道该作何反应，于是便面面相觑，心里想：她是认真的吗？该不是开玩笑吧？

尼雷先生笑了。精力旺盛的他，看上去还是个蛮有耐心的人。我觉得心里的不安开始有所缓解。"这个问题并不能引发科学探索！继续在你周围的世界里寻找，找一个有意义的问题！"

[①]米凯拉·曼泽，名词，也称"骗子米凯拉"，因为我百分百肯定她以前做过这个实验。
[②]米凯拉热衷于编辫子，她能编出各种花样。以前我常让她帮我编辫子，但现在不了。

坦白说，我现在的处境有点尴尬。没想到其他人全都把这道作业当成了正经事。尤其糟糕的是，在我之后念问题的是新来的学习天才达里。他的问题里有锐角，还有其他一些招人烦的聪明玩意儿。现在我不得不挖空心思想出个新问题，我到底问什么呢？

另外，妈妈今天又没有从房间出来吃晚饭，这非常糟糕，因为爸爸费了很大的劲儿准备这顿晚饭。我放学回家的时候，他正照着一本厚厚的旧食谱把香料往鸡肚子里塞，锅里煮着意大利面，水正在往外溢。

我站在那儿目瞪口呆，不知道是应该感到好笑还是难过，直到爸爸一声惊呼："娜塔莉，别光站在那儿，快过来帮我！"

接下来的一小时，我和爸爸并肩作战，他做菜，我给他量取调料。我们俩合作得很愉快，甚至都不用说话。爸爸是个心理治疗师，我们一旦说起话来，他总要问我一大堆问题，比方说"现在感觉怎样？"，我总是回答："很烦。"

厨房里弥漫着香味，那只鸡的味道出人意料地好。可是，等我和爸爸把餐桌摆好，妈妈连房门都没出。

"我去叫她吧。"我说。

爸爸苦笑了一下，说："她可能需要一点个人空间。"这些日子，这句话成了他解答与妈妈有关的一切问题的唯一答案。

"可你不觉得她应该出来跟我们一起吃晚饭吗？"

"我也希望如此，可我们得给她一点空间。"

"可是爸爸……"

"不说了，娜塔莉。"

于是我们俩闷声不语地吃晚餐。沉默令人窒息，连饭菜也没那么可口了。

吃完晚餐，我开始想尼雷先生布置的科学问题，可有一句话像恼人的歌在我的脑袋里挥之不去：妈妈本来可以帮我。

以前，每当我遇到科学或数学难题时，妈妈都会和我一起坐到餐桌旁，把印着等式和图表的习题铺在面前摊开。妈妈会把红棕色的头发盘起来夹在脑后，这意味着她要开始"干正事"了，接着我们便开始攻坚克难。

不管遇到怎样的问题，妈妈总能用实验的方法来解决。搞不懂什么是化学反应？那我们用苏打粉和醋来吹气球！不明白什么是水的密度？没问题，我们做盏熔岩灯！

我不擅长科学也没关系，因为有妈妈帮我。我们家的厨房最后总是乱得像战场，爸爸走进来的时候会佯装抓狂，"这次我可不替你们收拾了"。说归说，我们知道他肯定会收拾。

他总是替我们收拾。

现在，妈妈在卧室里躺着，爸爸在厨房里打扫卫生，他的动作很快。我想即便是他也在怀念妈妈制造的混乱。

我一个人坐在这儿，根本想不出像妈妈那样的能解释一切的实验。我连问题都想不出来，又怎能得出答案？

9 月 13 日

作业 3：青蛙

今天，尼雷先生冷不丁地给了我们一个"惊喜"。

"同学们，猜猜看，接下来我们要做什么？！"他的眼睛在黑框眼镜后面显得很大，光秃秃的脑袋在教室的日光灯下闪着亮光。

没人应答。

"你们猜到了吗？"他接着问，不过这次他并没有等待同学们的回答，"今天我们要上解剖课！解剖青蛙。"

大家立马开始交头接耳。开学才两个星期，大多数老师在还没搞清楚班上的同学姓甚名谁之前，是不会给学生们发任何刀具的，哪怕是小得不能再小的解剖青蛙的小刀①。

尼雷先生笑着把一份安全须知发给大家："我们运气很好，得到了一个意想不到的机会。既然如此，我们就要像真正的科学探索者那样，充分利用好这次机会！"依我对源泉中学的了解，尼雷先生的这番话也可以理解为：学校搞错了，过早地采购了一批死青蛙。

---

①准确地说，是手术刀。

尼雷先生接着说："我们将剖开这些青蛙的身体，看看是什么让青蛙得以生存。对于一个生物来说，如果你不了解它的内部构造，就不能真正懂得它的生存机制。"

我们全都做着鬼脸，因为这件事听起来相当恶心。

米凯拉举起了手，还没等老师叫就先开了口："尼雷先生，您知道我非常热爱科学，可是我真的无法下手。解剖青蛙有违动物权利。"

尼雷先生皱起了眉头："嗯，米凯拉，你要是觉得这样做有违动物权利，那我也不能强迫你。你可以到走廊的储物柜旁坐着写习题。"

这时，米凯拉最好的朋友珍妮也举起了手，说她也认可动物权利，要求退出这次实验。

尼雷先生叹了口气："还有其他人吗？"

就我个人来说，我更喜欢摆弄植物而不是死青蛙，可是考虑到当下的选择是解剖青蛙或者到教室外与米凯拉、珍妮为伍，我还是两害相权取其轻吧。

我其实并不讨厌米凯拉，真的不讨厌。只是我们俩在一起的时候，总有一种别扭的感觉，就好像什么事情都不对劲。有时候我真想知道过去的那个米凯拉究竟到哪里去了。那时候，在我们俩的妈妈一起工作时，米凯拉和我一起配魔法药水，还挖土并且帮我把它塞进试管里。我过去常想，一定有人在一夜之间用一个不是我最好朋友的"非米凯拉"替换掉了她。而如今，我压根儿就不再去想她了。

尼雷先生花了两分钟时间给我们讲了讲这堂解剖课要学习的内容，但我们没有一个人在听。大家全都环顾左右，暗暗盘算着新学年第一堂实验课上应该与谁为伍，选择合作伙伴非常重要。

特薇格和我立马对上了眼。她根本无须开口问，因为我们肯定要在一起，但她还是做了个夸张的手势：你和我？我笑着点了点头。

尼雷先生刚解释完安全须知，我们便急忙冲到教室的最后面去占座。这个角落尼雷先生不容易看到，所以是最佳位置。特薇格动作神速，我刚掏出笔记本，她就已经把实验材料摆上了台面。其实，我们的实验材料也就是一只死青蛙而已。

她把金黄色的头发胡乱地往脑后一扎，几缕乱发耷拉在马尾的外头。"娜塔莉，我快激动得不行了！这真是令人难以置信！第一刀能让我来切吗？我想看看它的心脏，也许还想看看它的膀胱。青蛙的尿不知道恶不恶心？"特薇格的语速像往常一样快，不值得让别人激动的事情总是让她很兴奋。

"每一刀都可以让你来切。"我说得像做出了重大牺牲。

特薇格尖叫一声:"这就像玩做手术的游戏!"

这就是特薇格的特点:游戏控。她热衷的不是大多数人玩的电子游戏,而是没人喜欢的老式棋盘游戏。说句良心话,我和她一起玩了很多这样的游戏,而且我还真的乐在其中。特薇格总是能让事情变得有趣。

我不得不承认,我也开始参与到解剖的过程中了。虽然没有动刀,但在特薇格又拉又划的时候,我把她当成电视上的医生,在一旁做解说。我甚至还模仿心脏监护仪,发出哔哔的声响。

突然,特薇格弯下腰仔细查看起死青蛙的肚子,接着大叫一声:"哎呀!天哪!"我赶紧越过她的肩膀望去,只见大敞着的青蛙肚子里躺着一只完完整整的蚱蜢。青蛙肚子里的蚱蜢!这可太酷了!

尼雷先生也走过来看热闹。他同样很兴奋,"同学们,快来看这两位科学探索者发现了什么!"他说。

同学们全都围了过来,说什么"真酷""真恶心",连学习天才达里都走了过来,我看得出他很懊恼自己的青蛙没能在死前吃上一顿好饭。

他趴在我们的实验桌上仔细地看了那只青蛙,他的两只胳膊僵硬地贴在身体的两侧，两只手不停摆弄着 T 恤的下摆。最后，他很不情愿地夸了我们一声，转头走回自己的实验桌。

特薇格冲着他的后背吐了一下舌头。这很不雅，因为尼雷先生注意到了。我们作为明星学生的光环瞬间消失。

材料：

- 一把锋利的手术刀
- 一把金属镊子
- 两副橡胶手套
- 一只死青蛙

步骤：

1. 让特薇格来做这肮脏的活儿。
2. 让特薇格去发现一只死蚱蜢。
3. 把夸耀的权利留给自己。

······

15

罗纳尔多：

特薇格和娜塔莉

之饱餐一顿的青蛙！

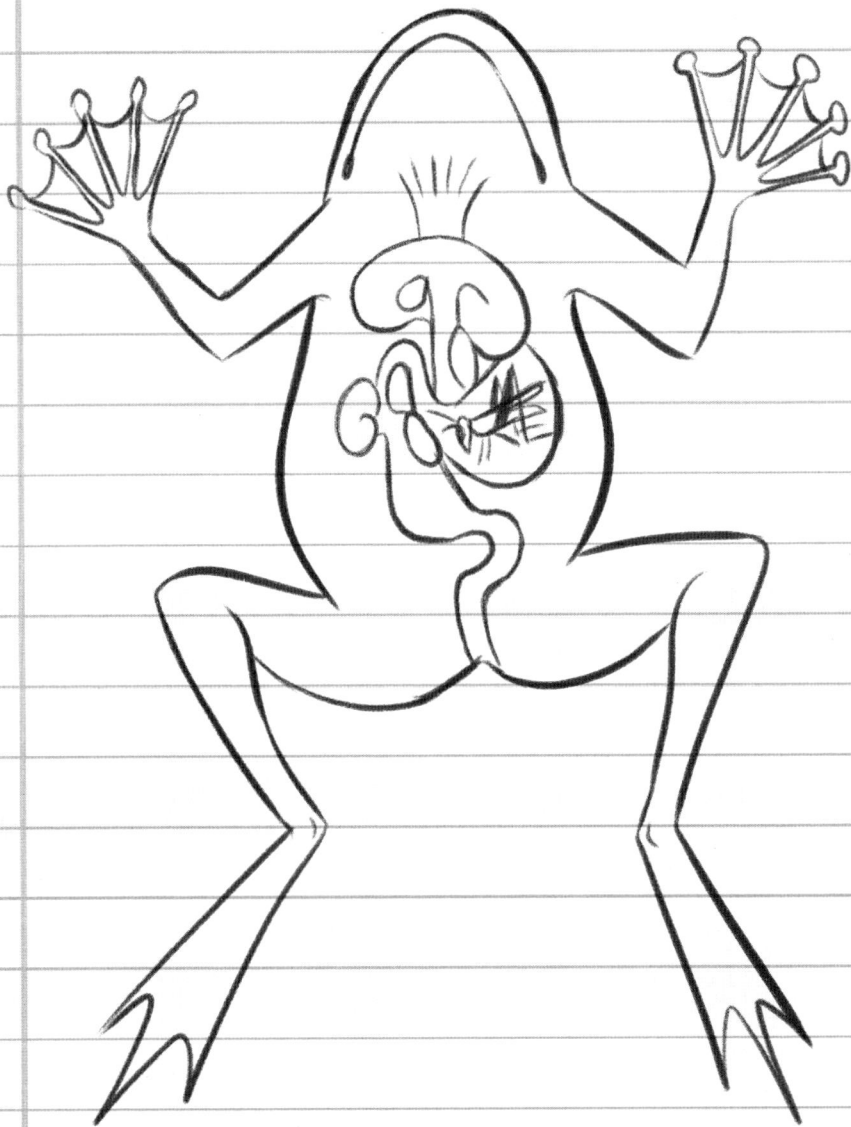

放学后，特薇格邀请我去她家玩，我们觉得做青蛙实验报告可以成为被大人接受的借口。

我给爸爸打电话，特薇格也凑了过来。"向勇进[1]问好！"她对着我的耳朵和听筒喊道，我赶紧摆手让她走开。

爸爸接电话时，声音听起来有些疲倦。我跟他说想去特薇格家的时候，他很是关切。过去，在放学后和特薇格一起玩从来都不是问题，但今年夏天以来，一切都变了。"娜塔莉，我觉得你最好还是回家来。我不想你逃避目前的状况。"

爸爸总是称妈妈为"目前的状况"，还把很多事情都搞得小题大做。他认为，"目前的状况"让我心里很不安。我想他说的也对，但妈妈毕竟没有真的生病。爸爸总是说她病了，在我看来，她只是厌倦了生活，厌倦了我们。我可不准备把时间都浪费在为她伤心难过上。

"又不是深更半夜离家出走，我只是到特薇格家待几个小时而已。"

爸爸叹了口气："娜塔莉，我懂你的意思。我知道目前的状况对你来说很不容易，可你要懂得……"

"爸，"我打断了他的话，"我也懂你的意思。我去是为了做作业，我真的得和特薇格一起完成实验报告。"

---

[1]勇进是我爸的韩语名。特薇格在他办公室里挂着的文凭上发现了这个名字，从此便只叫他勇进，尽管他的正式名字是约翰。我觉得特薇格让爸爸感到很无奈，所以他也没去争辩。

爸爸沉默了一会儿。我能想象他正把左手掌贴在左腮帮子上磨蹭，他心里在纠结。过去，他在思考某个研究课题或者和客户在一起的时候常做这个动作。现在，当他想起妈妈和我的时候也开始这么做了。

最终，爸爸的倦意战胜了说服我的欲望："那你回家吃晚饭好吗？"

就这样，我们没费什么周折便得以逃脱。从学校去特薇格家骑车需要十五分钟，骑得快的话只需要十分钟。我们今天骑得很快，想尽可能在爸爸叫我回家之前把我和特薇格在一起的时间最大化。

特薇格①和她妈妈住在一座大豪宅里。她的爸爸是纽约的银行家，很有钱。她爸爸和妈妈目前的状态是"友好分居"，不过她爸爸每个月都给她俩寄巨额支票，而她妈妈自己也很有钱。她设计应用程序，教那些漂亮的人如何穿衣打扮。特薇格的妈妈长得非常好看，以前是名模，所以对漂亮衣服和漂亮的人情有独钟。她们一年要飞去巴黎三次。

每次我们骑车快到她家门口时，我都忍不住要大呼一声："哇！"她们家门前的小道绿树成荫，我们骑着骑着，就看见那座巨大的砖房猛然出现在眼前。特薇格不怎么爱谈论她的父母，

①实际上，特薇格的名字是她妈妈按照从前的一位著名超模的名字起的。所有人都以为"特薇格"只是一个有趣的昵称（英语中 twig 的意思是"细枝"。——译者注），因为特薇格长得又高又瘦，满头淡金色的头发到处支棱着，可实际上"特薇格"（Twig）是"崔姬"（Twiggy）的缩写。特薇格一直为自己的名字感到难为情，所以从不费神向人解释。

而且除我之外也从未带任何同学到家里来。我想这并不奇怪，因为除了我之外，她并没有其他的朋友。

事情是这样，特薇格在我们四年级期中的时候来到了源泉中学，就像从另一个星球忽的一下坠落到人间。来的那天，为了庆祝首秀，她穿了一件布满亮片的衣服。当时，我们全都站在教室外等着上课。她走过来时，塑料高跟鞋咔嗒作响。大家全都不说话了，个个睁大了眼睛，像是在看电影。特薇格径直走向米凯拉和我，对我们说："我们做朋友吧。"

米凯拉的表情很古怪，我以前从未见过她那个样子。她拧巴着脸，说："嗯……"我却笑了，对特薇格说："那太好了！"

不是所有人都能懂特薇格，而我却理解她。

闲话少说，我和特薇格骑进她家的院门，把车扔在草坪上。刚一进门，管家伊莲娜就开始围着我们说个不停。她是法国人，说话带口音。我和特薇格在她不在的时候总爱模仿她。不过，我们并不是尖酸刻薄。我们俩都非常喜欢伊莲娜。

"娜塔莉！见到我第二喜欢的女孩可真高兴！"她一边说一边把我们俩的书包挂在衣帽架上。

"谢谢你，伊莲娜！"我答道。她给我们倒了两大杯冰牛奶①之后，我跟着特薇格往地下室走去。

---

①伊莲娜痴迷于牛奶。每次我去她们家，伊莲娜做的第一件事便是问我要不要喝牛奶。我其实并不喜欢喝牛奶，但在特薇格家我却每次都喝，因为伊莲娜坚持说"你得长骨头"。她的要求很难拒绝。

"我们玩什么呢？"特薇格问。她打开地下室的灯，照亮这个过去几年来我们最喜欢的玩耍之地。这里的地板上铺了一块亮粉色的粗毛地毯（特薇格的妈妈不喜欢这块地毯，可我们俩却爱极了它），上面放了两个巨大的豆袋坐垫。

特薇格走到另一侧的墙边，手叉着腰审视着她那庞大的书架，书架上全都是棋盘游戏。"我们可以玩《对不起》，也可以玩《飞行棋》或《妙探寻凶》。"她说。她这么问只是出于礼貌，最后做决定的总是她自己。

"我无所谓。"我说。我呷了口牛奶，在紫色的坐垫上坐了下来。特薇格从她不计其数的棋盘游戏里抽出《妙探寻凶》放在我面前，之后一屁股坐在绿色的坐垫上。我们把所有的棋子都摊在地毯上，接着便开始摆盘。我们做这一套的手法已经炉火纯青，不到一分钟就把棋盘摆好了。

我们玩了两遍。第一遍我不记得逮着谁了，第二遍找到的真凶是在厨房里端着蜡烛的怀特太太。当特薇格开始摆盘准备玩第三遍的时候，我提议把实验报告先写出来。她不太情愿地接受了，接着便开始在作文本的封面上乱写乱画。

"乱写乱画是一道重要的工序。"她说。她在姓名那一栏上画了一串侧手翻的青蛙。

老实说，我就没见过特薇格做家庭作业，不过我知道她非常聪明。学习这件事对于她来说可有可无，而今天的作业绝对提不起她的兴趣。

我花了一小时的时间做完了我的报告，还写下了上面这些东西。我想，出于某种原因，我还是喜欢这项作业。

9 月 25 日

作业 4：植物也是人

尼雷先生上个星期一定是被米凯拉的抗议吓到了，因为他今天布置的作业非常无趣。他围着教室走了一圈，给我们每个人发了一张习题纸，让我们安安静静地填写。这实际上是一张植物的大幅图画，上面有小箭头，还有供我们标注植物结构的空白线。之前我绝没想过会说下面这句话：我可真怀念解剖死青蛙的日子啊！

虽说我知道怎么填这张习题纸，虽说尼雷先生讲过植物结构，虽说妈妈之前也曾无数次地提起过它，但我就是不想做这项作业。植物是我谙熟的语言，可现在一想起它我就难受。为了表现出正在做事的样子，我把一些胡思乱想写在这里。

米凯拉举起了手，问尼雷先生这是不是考试。尼雷先生说："对于我来说不是，因为我不给你们打分。但对于你们来说是，因为它旨在考验你们探索知识的能力。这是一场旅行，一场探索科学知识的旅行！"巴拉巴拉巴拉，你懂的。

达里已经填完了习题纸，这很正常。我意识到，问题的答案可能都在上个周末布置的阅读材料里，我没看那些材料。除了在这本实验笔记上写点东西以外，我基本上没做什么家庭作业。爸爸没找我的麻烦，他想当然地以为我在为妈妈的事烦恼。

告诉你一个有趣的事实：我妈妈是位植物学家。或者，我是不是应该说，我妈妈以前是位植物学家？我拿不准，但她"生病"之前确实是和植物打交道。她在兰卡斯特大学的实验室里工作，米凯拉的妈妈是她的老板。她做科学研究，每天谈的都是属啊、种啊的。我知道，这种工作听起来很无趣，但实际上并非如此。有一天吃晚餐的时候，妈妈和爸爸谈起了工作。他们说个没完，跟往常一样又笑又闹。这时，爸爸转向我，对我说："你妈妈和我真不一样。我对植物一窍不通，都不知道从哪儿说起。"

妈妈听了直摇头，一脸的严肃。她说："你这个说法不对。你和我做的其实是一样的工作。你跟人打交道，分析他们的想法和感受。我也是如此啊，只不过我打交道的对象是植物而已。"

妈妈的话引得我哈哈大笑，可爸爸深情地看着她，脸上的表情分明在说："我是多么爱你！"这让我是又想吐又想笑。

回过头想，我并不确定妈妈的那番话到底对不对。我想对她说："植物不是人。植物虽然也会进食、生长、呼吸，但它不能欢笑、不能歌唱、不能思考。"妈妈现在的状况就是这样，她不能欢笑，不能歌唱，也不能思考。

我想对她说："快醒醒吧。"

也许她和她所爱的植物一样，在心底里欢笑、哭泣，只是需要有个人把她从里面往外推，让她再度回到外面的世界，和我一起欢笑、歌唱、探索。

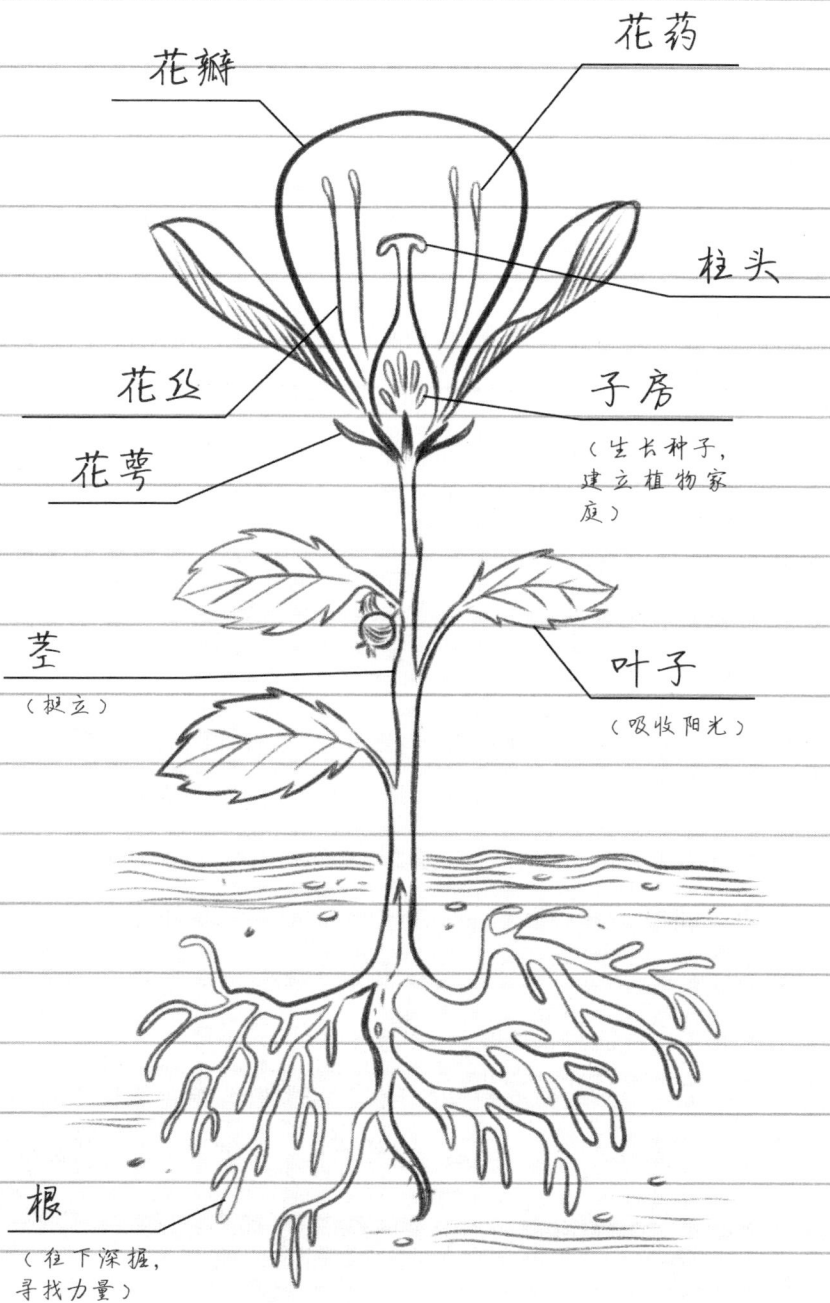

花瓣

花药

柱头

花丛

子房

（生长种子，
建立植物家
庭）

花萼

茎

（挺立）

叶子

（吸收阳光）

根

（往下深扎，
寻找力量）

10月2日
作业5：一个好蛋

今天，尼雷先生要求我课后留下来。他是在上课时宣布的："娜塔莉，下课后我想找你谈谈。"他这么说不仅让我感到尴尬，而且让我无路可逃。

我猜他一定会因为我在课堂上做了一个小时的白日梦而冲着我嚷嚷，所以我努力回想他在课上都讲了些什么。可是，我回忆不起来多少东西。他在黑板上写过"稳态"[①]的定义。除此之外，我就没怎么注意听讲。

尼雷先生并没有向我发问。相反，他对我说："我知道你一直定不下来科学探索的课题。"他说这番话时直截了当，没有傻里傻气的感叹词，也没加什么话题标签，"我想你大概需要一点帮助。"他递过来一张黄色的纸——一张科学竞赛的宣传单，"我通常只向尖子生推荐这类活动，但我想它对你也许会有帮助。"

我很肯定他是在羞辱我，但我还是接过了宣传单。

"当然不是非参加不可，但你还是好好看看。我想你也许会有兴趣，说不定还能给自己一个惊喜呢。"他笑着说，就像他知

[①]尼雷先生说，稳态是我们身体的一种机制，它使体内的一切得以平稳运行。即便外部环境有变，我们的身体依然能够保持一种稳定的内部环境，使我们得以正常生活，能吃饭、睡觉、玩耍，还能做家庭作业！感谢身体！

道某种我所不知道的东西，大人的这一套真让我反感，他们总是要证明自己比别人高强。"达里也要参加，"尼雷先生补充说，"也许你们可以组个团队，找个伙伴一起做科学研究更有趣。"

尼雷先生显然对我不太了解。他竟然以为我会乐意做额外的家庭作业，或者说愿意与达里这样的超级天才为伍。不过，我还是点点头，挤出了一个微笑："嗯，那谢谢您了。"

我低头扫了一眼宣传单，那上面画着一个傻乎乎的笑脸大鸡蛋，下面有比赛地点和奖金等细节。我把宣传单塞进书包，料想它将和其他习题纸一样变得皱皱巴巴。

"考虑考虑吧，"尼雷先生说，他笑得十分夸张，"要是决定不用它作科学探索的课题，那月底前再选一个别的课题给我。"

我再次感谢他之后离开了教室。

回到家之后，我把今天剩下的时间全都用来考虑妈妈的状况。从前的妈妈一定会对科学探索这个课题感兴趣。她会和我坐上好几天，刮起一阵阵头脑风暴，想出各式各样的问题和实验方法。

可今非昔比，从前的妈妈消失了，取而代之的是一个我不怎么认识的人。这次的课题恐怕我要独自应对了。

兰卡斯特小科学家协会

高空坠蛋比赛！

参赛对象: 全市范围内六至八年级学生

比赛目的: 挖掘和培养孩子们的科研潜力

时　　间: 1月13日下午1点

地　　点: 西橡树街331号3楼

特等奖: 500美元！

10 月 4 日

作业 6：如何栽培奇迹

爸爸不让我进他和妈妈的卧室，以前我可以进去。从今年夏天起，那间卧室的门就关上了，而且一直没有开。说到以前，那似乎是无比遥远的过去，而实际上它只是三个月以前。

事情是逐渐发生的。起初我并没有注意到妈妈有什么变化，就像你穿惯了一条牛仔裤，根本没意识到它已经变得很短。

妈妈花在工作上的时间越来越少，花在睡觉上的时间却越来越多了。之前她很少穿着睡衣在家里走来走去，而现在却习以为常。对这种变化我一开始还感觉很高兴，以为这意味着妈妈可以有更多的时间留在家里，和我一起玩，一起说话，不用再像以前那样天天待在实验室里。

事情显然不像我想的那样，而我并没有及时意识到这一点。晚上，妈妈和爸爸总是在小声嘀咕着工作上的事情。我能感觉到有什么事不对劲，但绝没想到事情会坏到如此程度。

直到有一天吃晚餐的时候我才终于明白，妈妈的状况非常糟糕。当时我们正在吃意大利面和肉丸，是爸爸一个人做的饭，所以并不十分好吃。七月的晚上，空气闷热、厚重。爸爸讲了个笑话，我被逗得哈哈大笑，可妈妈无动于衷。

我突然意识到，妈妈已经好久没有笑了。

我立马感觉喘不上气来，一定有什么糟糕的事情发生了。到底怎么了？

爸爸也注意到了。他的肩膀垮了下来，脸上的笑容也慢慢消失了。看到他那个样子，我觉得天都要塌下来了。

第二天早晨我下楼之后，看到爸妈的卧室还关着门，爸爸正一个人坐在厨房的餐桌旁。我迈步往他们的卧室走去，却被爸爸给叫住了。看得出他和我一样难过，但不知是什么原因。

"我们不会有事的，"他说，"不过我们得给妈妈留点空间。"

于是，从那时起，我就不能去他们的卧室了。爸爸装出一副快乐的样子，想让一切保持原样，但妈妈从此便消失在那个黑暗的房间里，变成了另外一个人，而"给妈妈留点空间"也成了爸爸最爱说的口头禅。

今天晚上，我原本应该做个乖女儿好好学习，但我想趁爸爸在书房里忙工作的时候打破戒律，到他们的卧室走一趟。

我踮着脚尖从爸爸的书房前走过，径直奔向他俩的卧室。我慢慢拧开门把，悄无声息地推开门，连大气都不敢出。我的心怦怦直跳，连掌心都出了汗。我讨厌这种被自己的妈妈吓到的感觉，也恼火自己的胆怯。

要是作为心理治疗师的爸爸知道了我的这点感受，他非得把我的脑袋瓜打开来分析个透不可。毕竟，世界上有谁会害怕自己的妈妈？

我静静地喘了两口气，对自己说我来爸妈的卧室是有原因的。我还没想好老师布置的科学问题，也许可以从妈妈的藏书中获得灵感。于是，我没去看躺在床上的"今非昔比的妈妈"，而是径直走向位于另一侧墙边的书架。

快点，娜塔莉！别出声，娜塔莉！

房间里很暗，从百叶窗缝隙里透进来的几缕光照亮了悬浮于空气中的灰尘，也让我看清了书架上的书名。书架上有一本妈妈过去常读给我听的书，叫作《基础植物学》。我本想拿这一本书，手却落到了另外一本书上。那是妈妈写的书，叫作《如何栽培奇迹》。她对这本书很不满意，因为这是她十年前写的书。

她曾跟爸爸说，这本书读起来让人觉得她既年轻又幼稚，可我喜欢这本书。那些关于植物的知识里透露着她的兴奋，好像是用神奇词句编写出来的秘密语言。她像在讲童话故事，你可以从书页中窥见十年前的妈妈——那是一个一边带孩子一边写书的妈妈，那是一个热爱植物栽培的妈妈。

在爸妈半明半暗的卧室里，我把书翻到了目录。这本书分为三个部分，分别讲述了三种神奇的植物。篇幅最大的章节是最后一部分，"钴蓝兰花：富有神秘色彩的神奇花朵"。

这一章我已经读了无数遍。如今，再次看到这熟悉的段落，我的心怦怦直跳。各种想法混合着希望，开始在我的脑海里迸发。妈妈从前的样子又回到了眼前，那时的她充满了对科学、生命和探索的热情。我赶紧把书合上了，因为我觉得我站到了某个危险地带的边缘，再往前走一步，恐怕就回不来了。

我把书抱在胸前，回过头来看了看还在睡觉的妈妈。她躺在那里，黑乎乎的一团，与外面的世界完全隔开。我对自己说，快把书放回书架上，回去做作业，不要再想什么神奇的钴蓝兰花了。

可是，离开房间的时候我还是把书塞到了衬衣底下。我不是想重温这本书，只是没有做好把它放回去的准备。

第三步：调查研究

拿起放大镜，戴好解码环！你们就要开始做研究了！做科学研究！你们要对自己提出的"大问题"进行调研，其中实在是乐趣多多！
#福尔摩斯式的科学方法

10 月 10 日

作业 7：棋盘上的教育探索

今天，尼雷先生给我们放了一部关于真菌的电影，结果半数的同学都睡着了。更为雪上加霜的是，大雨敲打着教室的玻璃窗，产生了一种催人入梦的摇篮曲的效果，使人更难集中注意力。虽然我试图把心思放到真菌上，但思绪却不断地回到兰花和妈妈的那本书上。

我完全心猿意马了，以至于连汤姆·K 往我桌上扔了张纸条都差点没发现。我抬头的时候，汤姆指了指坐在教室另一侧的特薇格。看见我打开纸条，特薇格点了点头。

你怎么啦？

我耸了耸肩，把纸条揉成一团。

特薇格皱了皱眉，又传过来一张纸条。汤姆递给我之后甩给我一个眼神，似乎在说他无意再做我们俩的邮差。

别冲我耸肩，娜塔莉，我能感觉到有什么事情不对劲。你看起来闷闷不乐。

我又耸了耸肩。于是，特薇格又传过来一张纸条。

你可真让人烦。放学后去我家好吗？我买了个新游戏，是和伊莲娜一起在旧货店里看到的，叫《谁的裤子》。我们得赶紧玩起来。

于是，下午放学后，我又去了特薇格家，和她一起玩《谁的裤子》。我根本不知道课上布置了哪些作业。当时，我只顾着和特薇格传纸条、想妈妈，并没有关注课上的内容。

"尼雷先生布置作业的时候你在听吗？"我问特薇格，后者正忙着掷骰子、在棋盘上走喇叭裤形的棋子。玩了几遍之后，我们发现《谁的裤子》其实综合了《猜猜我是谁》和《蛇梯棋》，你一边走棋一边问一些只能用"是"或"不是"来回答的问题，最先回到主人腿上的那条裤子成为赢家。

"没听，我正忙着问你到底是怎么了。"特薇格答道，"顺便提醒你一下，你还没回答我的问题呢。很明显，有什么事情不对劲。你整堂课都皱着眉，而且还不是针对米凯拉。我那条裤子的主人戴不戴眼镜？"

"不戴。"我回答说，"而且也没有什么不对劲的事情发生，我向你保证。"

特薇格看了我一眼，那眼神分明是说"我不信"，但她没有深究下去。曾几何时，特薇格和我无话不谈，因为我们是最要好的朋友。最要好的朋友总是无话不谈，不是吗？要是在过去，我肯定会回答："嗯，确实有不好的事情发生了。"我会跟她说，妈妈不起床了，我和爸爸怎么也没法让她高兴起来，连烤鸡和意大利面都无济于事，现在我们家的状况和以前大不一样了。

然而，这些我都没有说，只是问了句："我那条裤子的主人是不是人类？"我忘了说了，有些裤子的主人是吸血鬼和外星人，还有一只半人马，至于半人马有什么必要穿裤子我就不得而知了。

"不是人类。"特薇格回答。

我刚才一直在朝小丑（明显是人类）的方向走。此时，我掷出骰子，开始原路返回。

特薇格是在一个极其恰当的时间出现在我生命里的。那时，米凯拉刚开始变得怪异，我和特薇格立马就成为最要好的朋友。那时候，我会把所有的事情都跟特薇格说，她听完之后会催着我接着往下讲。我们就这么无遮无拦地说呀说，直到嗓子又疼又痒。

后来我们渐渐长大，特薇格的爸妈也"友好分居"了，我们这时候懂得有些话题需要回避。因为有些时候最要好的朋友也需要这么做。

特薇格率先找到了她的裤子的主人，那条喇叭裤穿到了宇航员的腿上。为此，特薇格跳起了欢庆的舞蹈(主要是蹦跳和旋转)。不过，她的兴奋劲儿比不上平时。有那么一刹那，我以为她要说点真心话，可看到我的表情之后，她说："再玩一遍吧。"

10 月 18 日

作业 8：我知道但父母以为我不知道的事情

科学家在弄清楚未知的事情之前，必须要调查好已知的事实。这是妈妈常说的一条科学准则。不管攻克什么难题，她都要先列一个已知事实的清单。下面便是我所知道的事实：

1. 妈妈和爸爸是在上大学的时候认识的，爸爸先爱上了妈妈。我看过他们的相册，爱情写满了他的面孔。

2. 妈妈算不上漂亮，至少不是那种寻常意义上的漂亮，可她总是让人喜欢。妈妈身上有一种吸引人的气质，那就是快乐。

3. 几个月前的夏天，妈妈像往常一样快乐，每天谈论着实验室里的工作。她说她们正在研究兰花，预测会有某种突破。她笑呵呵的，一切都很正常。

4. 后来便有了那些压低了嗓门的对话。什么资金不足啦，研究结果不充分啦，等等。她对爸爸一遍遍地说这些话。我对其中一句记得尤为深刻："她觉得我应该休息一下了。"妈妈的状况变糟了以后，我把这些只言片语在脑海里过了一遍，试图找出某种线索，接着便对上了号：曼泽太太把妈妈给解雇了！我从小就认识曼泽太太，她和妈妈一起做研究，我和米凯拉装模作样提交给她的研究报告总是逗得她哈哈大笑。她经常来我们家吃饭，会就我的生活问长问短，像是很关心的样子。可是，在和妈妈进行了十年的研究之后，她不再相信钻蓝兰花，也不再相信妈妈了。不知道这两种背叛哪一种更恶劣。

5. 妈妈再也不能上班了，她陷入了黑暗之中。曼泽太太毁了我们的生活，是她毁了妈妈。从前的妈妈从此不再运转了。我不知道该怎么办，不知道该如何修复她。

10 月 27 日

作业 9：调查研究

尼雷先生决定将解剖小动物和观看无趣视频的安排暂时放一放，让我们重新回到科学研究的方法上来。他提醒我们接着钻研各自的课题，还"友善地"提醒我要尽快想出自己的课题。

问题：水在什么温度下沸腾？

答案：谷歌搜索说，华氏 212 度或摄氏 100 度。完毕。

今天的家庭作业完成得早，我想不妨去探究一下那个深埋在我心里的疑问，我还找不出合适的字眼来表述那个疑问。

我走进爸爸的书房。他正背对着我坐在桌旁，面前放了一大堆资料。爸爸的书房很明亮，有大大的落地窗，还有很多的灯。妈妈退居黑暗之后，爸爸对光的要求更高了。

"爸？"我走到他的身后，觉得自己像个影子。

他有点吃惊，转过身后冲着我眨了眨眼睛，好像要适应一下光亮。"嘿，娜塔莉，什么事？"他的口气正儿八经的，听起来怪怪的。工作的时候，他总是这样。

"我正在做研究，是学校布置的任务。"我说。

　　他扫了一眼我的笔记本，神情顿时放松了下来。爸爸喜欢搞研究，统计数据、分析诊断、后续方案什么的都给他以安全感。我低头看着笔记本，握好手中的笔，想向他显示我这完全是"公务"。随后，我说："要是有人喜欢一直在黑暗里待着，这意味着什么？"

　　我感觉到爸爸一下子便将我看穿了，因为他立马紧张了起来。"娜塔莉！"他把我的名字拖得很长，语气里透着谨慎。

　　我把目光收回到笔记本上，继续下去。我并不真的想知道答案，但从另一方面说我也真想了解。"为什么有人会不再关心他们的家庭？"我问。

　　"娜塔莉。"爸爸又叫了一遍我的名字。他轻轻推开我的笔记本，直视着我的眼睛，他相信目光的交流，"我们应该谈谈你妈妈的状况，应该聊聊你的感受。"

　　我说我既不想谈妈妈的状况，也不想聊自己的感受，我只是想把科学功课做完。可爸爸依然用他那双心理治疗师的眼睛看着我，说："我想跟你说的是，妈妈目前的状况跟你没有任何关系。"

　　这恰恰是问题所在，我似乎对她没有任何影响。这正是我所万般介意的。当然，我不能跟爸爸这么说。于是我说了句"算了"便转身离开。我能感觉出爸爸心里很纠结，但他没有跟着我出来。

我不知道该往哪儿去了。我既不喜欢妈妈卧室里天然的黑暗，也不喜欢爸爸书房里人造的亮光。于是我不假思索地回到自己的房间，抓起妈妈的书，径直走出门外，来到她的花房。

我最早的人生记忆便是和妈妈一起在这间花房里栽种植物。我按照妈妈说的做，给每一颗种子适量地浇水、施肥。几个月前，这间花房还是那样美丽，那样生气蓬勃、色彩缤纷，充盈着令人愉悦的光。

可现在它已经不那么漂亮了。夏末的时候，妈妈不再去工作了，也不再关心她的花儿了。爸爸像疯了似的照看起这些花卉。他浑身是劲，我从未想到他的体内储藏着如此多的能量。他又是浇水又是除草，生怕花儿没有水喝。他天天待在花房里，拼命想挽救这些失去了妈妈关爱的植物。

要是让我来评说的话，他对这些植物爱过了头。稍微有一点栽培知识的人都会同意我的观点。有些植物侥幸活了下来，但总的来说水不能浇得太多。植物也需要空间。这很有意思，不是吗？

过去，我和妈妈一有空就会来这里，摸一摸、闻一闻花儿，聊一聊生活，吸收点阳光。可是今天，我六个星期以来第一次站在这个角落，看着我们曾经热爱过的花草。它们枝叶枯黄，凋落满地。

花房的中央孤零零地竖着一根花茎。它和其他植物一样，花儿早已凋谢，枝干已变得枯黄。不过，以前的它是蓝色的，魔幻般的明亮钴蓝，是专属于我和妈妈的神奇植物。我们叫它钴蓝兰花[①]，还赋予了它一个全新的拉丁名字。

我在泥地上坐了下来，不想再去看头顶上那一排死去的花草。妈妈的书放在我腿上，我不想读，只想转过身回到我自己的卧室。然而，我的手还是下意识地把书打开了。那股熟悉的旧书的气味使得我心中又是激动又是紧张。我翻到钴蓝兰花那一节，读起了妈妈的文字。

1991 年，新墨西哥州圣胡安的一个发电厂发生管线爆裂事故。小镇的土壤被大量有毒的金属和化学物质污染，好在居民的健康没有受到影响。

可是，那里的花儿遭了殃，它们全都死了，无一幸免。钴、铝等大量有害物质渗入土壤，毒死了植物。人们说，这土地里再也长不出东西来了。

两年后，一株兰花冷不丁地从土里冒出来，将一抹鲜亮的蓝色呈现在这片光秃秃的土地上。没过多久，又一株出现了。很快，整片田野都布满了这种亮丽的兰花。

[①]钴蓝兰花：兰科、卡特兰属（得名于植物学家威廉·卡特利）、勇兰种。

想想看，你每天上班开车经过这片荒芜的土地，什么也没看到，然而有一天，你的眼前突然出现了遍地的美丽钴兰。

从无到有，这是怎样的奇迹！

我接着往下读，越过关于花青素和离子主动运输的章节，也没有看杂交种、真菌和苔藓。太阳西沉了，花房里的光亮暗了下来。我一直希望爸爸能过来找我，跟我说快进屋吃晚餐，可他终究没有来。我于是接着读下去：

也许只有植物学家才能懂得这些钴蓝兰花出现在这个地方的重大意义。要知道兰花是何等地娇贵，没有合适的光照和恰到好处的水分，它们很快就会死亡。蓝色的兰花极其少见，而这里的数量如此众多，的确是个奇迹。别的植物都不能生长，而这些娇贵的蓝色花朵却在这里逆势开放。它们将土壤中的有毒物质悉数吸入，将其转化成美丽。

我想，当你置身于这片蓝色的田野，即便不具备植物学的基本知识，也会被科学创造出来的奇迹所震撼，也会感受到科学的魔力。

妈妈对这种花儿充满了信心。这个故事她跟我讲了无数遍，说每一个看到这种花儿的人都被它的颜色给震惊了①。所有的植物学家都专注于研究兰花的蓝色，可妈妈却认为还有更多值得研究的东西。比如，这种兰花是如何扛住化学毒素的侵害的？妈妈是第一个对此发问的人。

妈妈和曼泽太太在实验室里研究着钴蓝兰花的同时，也和我一起在家中培育着属于我们自己的兰花。我们精心呵护它，给它关怀给它爱，让它有一个安全的生长环境。

可现在，它死了。曾经写书向人们介绍科学与奇迹的妈妈就这么让它死了。我的胸中又升腾起那股持续的火花般的感觉。一个想法开始在我脑海里出现。

虽然我们的兰花死了，但遥远的新墨西哥州依然有那片广阔而美丽的蓝色田野。那里依然充满着奇迹与希望。也许提醒妈妈这一点她就会好起来。

她大概是忘了。

---

①鉴于你们当中有些人的妈妈不是植物学家，我要在此解释一下，自然状态下的兰花是长不成蓝色的。你可以把它染蓝，但天然的兰花并不会长成蓝色。灾难发生后，兰花在生长的过程中，吸收了被苔藓处理过的化学物质。接着便发生了奇迹，像变魔术一样，花儿变成了蓝色。嗒嗒！这就是科学，你说神奇不神奇？！

第四步：假设

    假设是有根据的猜测！因为你们都是受过教育的，并且擅长猜测，所以这项作业很适合你们。现在到了让大脑接受考验的时候了！

    #受过教育的学生

10 月 31 日

作业 10：减数分裂与土豆先生

以前，我和妈妈过万圣节的时候总要遵循一个传统，我每年都要打扮成一种不同的植物。我会翻阅她的植物学的书，找出最满意的一种，然后和她一起去手工店选料，共同制作出一套繁丽的服饰。去年，我打扮成一株夏威夷金毛狗蕨。妈妈和我花了好几个小时缝制了从肩膀上倾泻而下的蕨叶。大多数人都以为我是个外星人或者昆虫，可我毫不在乎，和特薇格一起在社区里走来走去要糖果。

我把万圣节这件事也加入到被妈妈遗忘的清单里，今年她压根儿就没提起过这件事。于是我也不提，爸爸也不提。上个星期，我们仨小心翼翼地回避着这个话题。

今天早晨我穿着平时的衣服下了楼——普通的牛仔裤和普通的套头衫。爸爸抬头看我的时候，脸上闪过一丝难过的表情，但只持续了很短的时间。"今年不换装了，娜塔莉？"他的声音里仍带着装出来的欢悦，"你要是愿意，我们还有时间去车库里把那件蕨叶服找出来。"

我耸了耸肩，摇了摇头，说："我已经长大了，不适合玩换装了。"

我跟自己说，这是事实。即便妈妈没有状况，我也不会再穿什么奇装异服了。要是特薇格在的话，她一定会对我的想法表示不满，并且会穿上最招眼的服饰，很可能是那种会发光或者发出声响的衣服。不过，万圣节的这个礼拜她和她妈妈去了巴黎①。

最主要的是我的确长大了。今天有几个学生穿着特殊服装来上学，但大多数都还是穿着平时的衣服。有些人穿的其实不算特殊服装，只是棒球衫而已。

"我已经三年没换装了。"上课前我把书塞进储物柜的时候听见米凯拉对珍妮如是说。她说这话的时候就好像这是什么值得夸耀的事。我咬着腮帮子，尽量不去想要是妈妈没状况的话，今年会和我一起选什么服饰。

今天大部分时间我都低着头，不让自己想太多事情，我想这基本上变成了我的一种模式。我已经能做到一整天都不引起别人的注意。

尼雷先生让我课后留下来。这是第二次了，真让人尴尬。他的课终于结束之后，我花了很长时间收拾书本，我想尽可能延迟与他面对面的尴尬。米凯拉临走前对我扬了扬眉毛，那表情分明

①你可能没法相信，但特薇格对去巴黎这件事怨声载道。"又要给我洗脑！"她对我说，"我妈一定会强迫我从头到尾看完每一场时装表演，看那些高个子女孩走来走去。之后，我们会和她的那些朋友一起吃小蛋糕，接着聊衣服。"她说这话的语气就好像高个子女孩、蛋糕和衣服是世界上最糟糕的东西。有时候我真搞不懂特薇格。

在说："天哪，你可真笨！"我真后悔以前跟她是最好的朋友。

等所有人都走了以后，我慢吞吞地来到尼雷先生的桌旁。"您好！"我说。这听起来和我预期的一样别扭，但我不知道还能怎么说。

这节课我们学的是细胞分裂，所以尼雷先生努力让自己的万圣节服饰体现出"减数分裂"这一主题。他实际上也就是穿了件肥大的尼龙搭扣背心，上面粘了些很小的"染色体"。上课的时候他一直在把背心上的东西挪来挪去，试图用这件背心讲清楚细胞分裂的过程。他还莫名其妙地戴了对瓢虫的触角。真搞不懂他为什么要这样做。

他兴奋地指着自己的背心问我："嘿，你能告诉我这个细胞目前处于减数分裂的哪个阶段吗？"

我盯着他的背心看。其中的一个染色体粘得不牢，有点往下垂，上课的时候我一直看它不顺眼。

"嗯……"我说，"我做个假设吧，它处于微观期？"我猜尼雷先生问这个问题不是为了考我，可我显然没有认真听讲。

尼雷先生有点泄气。"嗯，假设这个话题标签用得好，不过我的问题的答案应该是减二末期。你看，染色体被分成了四个单倍体。"

"哦，对呀。"我点点头，就像听懂了他的话似的。"嗯，您叫我来就是为了告诉我这个吗？"我说，其实我知道他为什么要让我留下来。

"不完全是。"他笑着看着我，老师们都爱做这种"你还没遇到麻烦不过也快了"的笑容，"科学问题想得怎样了？"

我想的全都是我妈妈，脑子里有一百五十万个有关她的问题。可这显然不是他想要的。"嗯……"我说。

他慢慢地点了点头，审视着我。自从妈妈有了状况以后，大人们总是用这种眼光看我，我讨厌这种眼光。

"嗯，你知道我很想让你参加高空坠蛋比赛。"他说，"不过，不管你作何选择，周五前请务必给我一个科学问题。如果有困难，我建议你回到科学研究的方法上来，用探索日记来帮助你挖掘思想的深处，去观察和探究这个世界。"说完，他冲我眨了眨眼（他居然会眨眼！）。这下我知道了，尼雷先生只是古怪而已，并不像其他老师那样真的是在琢磨他们的学生。

"好吧，我照做。"我的话听起来有些不礼貌，于是我加上一句："谢谢您的建议。"

他咧着嘴笑了，像是我为他组织了一场花车游行："完全没问题，娜塔莉！"

对这样的回话你又能说些什么？我笑着走出了教室。

这时，其他人早就离开了学校，他们或者赶去看恐怖电影，或者忙着发糖果和要糖果，要不就是做事先计划好的跟万圣节有关的其他活动。走廊里空荡荡的，只有达里一个人在储物柜旁坐着。他在读一本教科书，是关于某个科目的高级教材。今天他也把自己打扮起来了，穿得像个巨大的土豆。

看见我走出尼雷先生的教室，他抬起头来，身体在座位上动了动。那身土豆服里像是塞满了旧报纸，一动起来就哗哗作响。他的整个身子都被大土豆给吞噬了，和巨大的腹部比起来，露出的脑袋显得非常渺小。我经过他身边时他站了起来，土豆服也从一侧倒向另一侧，这让他失去平衡，趔趄了一下。

"你们都说了些什么？"他问。他的语速比平时还快，似乎对我留校这件事很关切，或者说很嫉妒。

"哦，你懂的，尼雷先生常说的那些话。"我不知道是不是应该主动提一下他的土豆服，是等着他来提还是根本就避而不谈。

可达里看我的眼神就好像我是个怪人，没有把该说的话说完。"嗯，你懂的。"我又说了一遍，但是他还在等。我意识到没有什么"非尴尬"的办法来脱离目前的处境，只好说："我们谈的是科学的乐趣！"我竭力模仿尼雷先生说话的样子，双手交叉，眼睛睁大，强调每个字。

这下达里被逗乐了："你知道吗，他很努力。人聪明，也敬业。"

我从没听过一个学生如此评价他的老师。他的用词太过友善。达里本人看起来就太过友善。之前我们没有说过话，可现在我和穿着土豆服的他聊得正欢，而最不可思议的是，我很享受我们之间的交谈。

"他之前的工作很无趣，所以他改行教书后很激动。"

我点了点头，就好像已经知道了这个故事。这么一说就讲得通了，对于一个新老师来说，尼雷先生的岁数偏大，尽管他看起来并不老。

达里谈论起尼雷先生的样子很奇怪，就像他们是老朋友似的。我于是换了个话题："你为什么不回家？"

达里举起手里的教科书，好像这就是回答：高等代数。

"嗯，好，可你为什么不回家呢？没有人会在放学后还留在这里。"我还想说的是，特别是在万圣节这样的日子，特别是在身上还穿着土豆服的时候。不过我没这么说。我觉得我错过了评价这件衣服的最佳时机，再说的话会让他觉得我是在取笑他。

达里耸了耸肩，把瘦骨嶙峋的肩膀一直耸到耳朵边上，弄得土豆服哗哗作响、左右摇摆。"我爸妈下班晚，得到七点钟才能来接我。"

"噢。"

"不过，等他们来了，我们会一起去参加'无头骑士的干草车'巡游，那会很有意思。"我喜欢达里说话的方式，他吐字清晰，带着一点点口音，说出来的词句就像在乡间漫步，一会儿上山，一会儿下山。这时，我突然觉得很羞愧，因为我把注意力都放到了他是印度裔这一点上，就好像我是在评判他，其实我并没有。

既然他提起了万圣节这个话题，那我就单刀直入了，"哦，是穿着这身土豆服去吗？"

"看起来是不是很奇怪？"从他的语气里我并没有听出戒备或者难为情的感觉，他像是在问一个科学问题，并且要进行一番调研。

"嗯……"我很想回答得礼貌一些但又不想撒谎，"我还以为你会打扮成一个原子或者是方程式什么的。"

达里笑了起来。我凑上前去，仔细看了看他的这身衣服，发现原以为是胡乱涂抹上去的土豆眼和泥巴块，实际上是一些小小的画作，有嘴唇、耳朵，还有看着像是鼻子的东西。

"这是混搭的土豆先生。"达里解释说。他的声音里满是自豪，听不出半丝尴尬。"我哥哥上中学时穿的，是我帮他做的。你看，这儿还有我画的胡子。"他指着靠近屁股处的一道歪歪扭扭的黑线。

"噢！"我答道。我禁不住在想，特薇格一定非常喜欢这件怪异的混搭土豆服。我暗暗提醒自己等她回来时一定要告诉她。

达里接着说："我们早就忘了这件衣服，直到前几年搬来美国时才发现了它。我想我爸妈很高兴看到我穿上这身衣服，因为它又把他们带回到过去。"

我试着想象把自己打扮成钴蓝兰花的样子。要是妈妈看到了那样的一身衣服，她会有什么变化吗？她会从黑暗中醒过来吗？

"你是说，看到你打扮成土豆先生他们感到很高兴？"

达里耸了耸肩，土豆服又开始哗哗作响。"我觉得仅仅是看到这身衣服他们就很高兴，因为这让他们想起了我们从前在一起做衣服时是多么快乐。"

"噢，"我说，"我也很喜欢这身衣服。"

达里笑了，我也笑了。随后沉默了好一会儿，我们俩似乎都不知道该继续说什么了。我整了整肩上的书包，说："噢，我得回家了。我可不是个放学后还穿着土豆服在学校里赖着不走的古怪家伙。"

达里哈哈大笑，仿佛我说的是个笑话。

我说的也的确是个笑话。

11月1日
作业11：决定

今天早晨我醒来的时候精神焕发。我有了一个新的想法，心中充满了希望。我跑着去把妈妈叫醒，我想让她和我一起抖擞起精神。

爸爸正在楼下给我装午餐盒，同时也在为上班做准备。我不得不踮起脚尖往他们俩的卧室走。要是被他发现了，他又要把我拦住，让我回头。

"妈妈。"我叫道，我爬上床蜷缩在她的身旁。

妈妈睡眼惺忪地翻过身对着我微笑，她看起来很高兴，至少有一种满足感。

"妈妈，我有一个想法。"我说。我已经穿好了校服，而她还穿着睡衣，一切好像以前一样。不过，我还是专注于我的计划，尽量不去想她目前的状况。

"什么想法，娜塔莉？"她说话的语气并没有什么特别，但不知怎的，气氛好像突然变了，就好像这一刻她还在这里，下一刻已经离我远去。

"新墨西哥州的钴蓝兰花。"我说。我沉浸在可能性所带来的兴奋之中，也许提起兰花，她就会幡然醒悟：噢，对呀！也许看到那片长满兰花的土地，她就会想起自己是谁；也许我能让她回到现实。

"我们去吧。"我说，"你说过要带我去，可到现在都没有去成。我们的兰花死了，我们得去弄一株新的。你一定要亲眼看看那些兰花，这样你就……"

"我们的兰花？"妈妈的眼睛是蓝色的，可在黑暗中变成了灰色，"你在说什么？我不懂。"

突然间，我的设想变成了一个巨大的错误。她不知道那株兰花已经死了。她怎么能不知道呢？！她已经多久没去过花房了？！

"我们可以去弄一株新的。"我不忍放弃，"我们去新墨西哥州吧。"

妈妈看起来一头雾水。我以为她什么都不会说了，可她却回答我说："好啊。"

我使劲咬着腮帮子，拼命按压正在升腾的希望。"真的？"我的声音低得像耳语，其实我真想大声欢呼。

"等我们有钱了，娜塔莉。"她叹了口气，闭上了眼。我真想摇晃她，对她说，醒醒啊，哪怕就一小会儿。快去看看那些快死了的花儿吧，快看看我！

"我们现在没钱，还不能去旅行。"她闭着眼重复说。

我从床上滑下来，走出了卧室，摸黑出门的时候还绊到了梳妆台。我把腮帮子咬得生疼，接着便去收拾书包准备上学。事实证明，今天只不过是个寻常的日子，并不是什么崭新的、充满希望的一天。

不过，今天并非没有亮点。低头看书包的时候，我的眼睛一下子注意到了那张被揉得皱皱巴巴的亮黄色的纸。希望又一次升腾了起来。我把手伸进书包，拿出尼雷先生给我的宣传单，目光扫过那个快乐的鸡蛋直接跳到末尾，那里用醒目的大字写着：

特等奖 500 美元！

看到这几个大字所代表的丰厚奖金，我觉得自己好像掉进了一个深不可测的黑洞。宇宙看着我，对我说："别放弃，娜塔莉，先别放弃！"

我五岁的时候在冬天生了一场大病，不是树叶变黄时人人都会得的那种感冒，而是一种正儿八经的重病。

我睡了整整一个冬天，仿佛植物休眠。我睡得昏天黑地，而妈妈躺在我身旁，始终不离我左右。终于，春天来了，我伴着新出的花蕾醒来。现在，我已经不记得病情和后来的恢复情况，只记得当时醒来的样子。我是和妈妈一起醒来的。

爸爸从未和我谈过那段时间的事情，也不谈妈妈现在的孤单和如何拯救她。

我们基本上什么也不谈。

可我记得那段时间。我知道我们不能对她失去信心，因为妈妈从来没有对我失去过信心。

我拿起宣传单，当即做出决定：绝不对妈妈放弃希望。我要赢得头奖，和妈妈一起到新墨西哥州去。我们要采上一株神奇的钴蓝兰花，好好研究它，让一切恢复正常，让一切重拾美好。

11月2日
作业12：鸡蛋行动采购清单

比赛将在寒假之后举行，离现在还有两个月，我必须尽快准备。刚开始的时候我还以为这不会很难，只要把鸡蛋裹在枕头里不就行了，可当我上网查阅比赛资料时，却发现事情有点复杂。

问题1：兰卡斯特小科学家协会的网站非常古老。我是说"最近一次更新是在2003年"那么古老，很难在上面找出全部规则。

问题2：我发现，这个高空坠蛋比赛不只是把鸡蛋裹在枕头里。参赛者不仅要把鸡蛋从三层楼高的地方扔下去，还要考虑诸如"反弹系数"和"气动设计"等得分因素。我有点打退堂鼓了，觉得应该把这项课题留给尼雷先生的"尖子生"。可是，还有那五百美元呢，这笔钱可以帮妈妈走出目前的困境。

我列了一张材料清单给爸爸，他又去厨房了。最近他老去厨房。妈妈没出现状况前很喜欢下厨，她会一边放着八十年代的音乐，一边在灶台、砧板和烤箱之间穿梭。有时候我也会去帮她，我们俩总是会对着锅铲唱歌，跟着邦·乔维的歌起舞。

爸爸下厨的时候从不放音乐。

"我列了张清单。"我对他说。

爸爸转过身，他的衬衣前襟沾满了面粉。我哼了一声表示藐视，因为厨房里的他总是洋相百出。

"清单？"爸爸不明所以。

"是的。你在干吗？"我对着他制造的混乱场面挥了挥手。

他在牛仔裤上擦了擦手，结果裤子上也沾上了面粉。"我在练习……我在学做你外婆拿手的蔓越莓苹果派。"

过了片刻我才意识到他说的是妈妈的妈妈，因为爸爸的妈妈只会做韩国料理和鸡块①。也就是说，爸爸在学做外婆去世后妈妈每年感恩节都会做的蔓越莓苹果派。要知道，妈妈做蔓越莓苹果派的时候我总在一旁帮忙。

突然间我觉得好难过。

爸爸一定是注意到了，他走过来从我的手里接过了那张单子。"鸡蛋？你打算烤你自己的派吗？"他被自己的话逗笑了，其实并不好笑，"气泡垫？降落伞？彩泥？"

彩泥纯粹是我瞎想出来的。"是参加学校活动用的。"我说。

"啊哈！"他兴奋地点了点头。每当家长们试图掺和到孩子

---

①据说爸爸小时候有一阵子只吃鸡块。所以，当他逼我吃蔬菜的时候，我就拿这段往事来说事。

们的生活中来，或是想将孩子的注意力从妈妈缺席这件事上转移开来，他们都会表现出令人尴尬的兴奋。"高空坠蛋！我还记得这个比赛！等下我们开车去买。你有思路了吗？"

"还没有。"我说。不知怎的，我对高空坠蛋比赛这件事不再感到兴奋了。

爸爸迟疑了一下，说："想不想参与制作我的派？"

我真想冲着他大声嚷嚷。他居然把妈妈的派说成是他的派！不过，我最终说出口的是："感恩节是不是还有一个月呀。"我想显得很随意，想显得我并不在乎，想显得我只是在陈述事实。可是，我的声音颤抖了，眼睛也有点刺痛。我很想抓紧这些感受，免得它们逃走，然后再狠狠地把它们打压下去。我把两只胳膊抱在了胸前。

爸爸随即变成了心理治疗师①。

"娜塔莉，坐下来好不好？"他指着餐桌。

我站着没动。

他接着说："我最好带你去看看外面的心理医生，这样你可以敞开心扉。"他非常不习惯对我发号施令，因为这一直都是妈妈干的事。她把我和爸爸指挥得团团转，我们倒是也都顺着她，因为她擅长指挥。

---

① 作为心理治疗师的父亲：眉头紧锁，声音低沉，爱问问题。做女儿的都怕他们。

我举起手中的材料清单："爸，我还得集中精力在高空坠蛋比赛呢。"

他眉毛间的肌肉抽搐了一下："好吧，派可以先等等。如果我答应你去买清单上的东西，那你能不能让我给你约个心理医生？"

我很想对他说不，因为我没有什么要向人诉说的。他好像觉得我把一切都闷在心里，其实我挺好，真的挺好。可是我说："行啊，爸爸。"

于是我们一起去买鸡蛋。爸爸很快就转移了注意力，他问了我很多有关高空坠蛋比赛的问题，我则一一回答了他的提问，并且做出很兴奋的样子。在这里，我要下一个判断，也不知对不对：大人们其实并不想知道我们的感受，他们以为自己很想知道，其实只是想默认我们一切都好，这样一来他们的工作就好做了。爸爸和我谈了很多关于高空坠蛋比赛清单的事，可实际上我们什么也没谈。

11 月 6 日

作业 13：鸡蛋行动

特薇格主动请缨，要为我在高空坠蛋比赛中出一份力。她提出一个条件：不可以再称之为"高空坠蛋比赛"。

"听起来很无趣。"她在前头喊。放学后，我们俩正一起骑车去她家。

"是很无趣呀，"我说，"因为是功课嘛。"

"有我帮忙就有趣了。从现在起，我们管它叫'鸡蛋行动'。"

"行，那我们就叫它'鸡蛋行动'。"虽然这个名字有点小孩子气，但听起来蛮响亮的，它让这件事变得重要起来。话说回来，这件事也的确重要。

当我告诉尼雷先生我决定参加高空坠蛋比赛并将其作为我的科学探索课题时，他高兴得差点跳了起来。他也同意特薇格参与，前提是我们俩得有不同的研究方向[①]

"你们可以从不同的角度来探索这个课题。"他解释道，"比方说，你们当中可以有一个人专门研究速度……"

"我来研究速度！"特薇格赶紧喊。于是就定下来由她研究

[①]特薇格很高兴地抛弃了她原先的课题，那个课题是跟食用色素和安慰剂效应有关的问题。"非常无趣。"她说。特薇格不喜欢长期项目，她愿意打一枪换一炮。

速度。我还没想好自己该研究点什么，想等等再说。

我们正行驶在通往她家门前的长路上。这时，特薇格大喊一声："娜塔莉！看我的速度！"说完，她攥起拳头在空中猛击。只见车身摇晃两下之后，她俯身向前，快速蹬起踏板，我瞬间被她甩在了身后。

等我终于骑到她家豪宅时，特薇格已经端坐在了餐桌旁。她扬起一侧眉毛，得意地冲着我笑。"等了你好久！"她一边说一边举起手来挡住嘴巴，做出打哈欠的样子。然而，她两腮通红，胸脯上下起伏。说句老实话，她可真不是个好演员。

"娜塔莉！见到你可真高兴！"我刚坐到特薇格的对面，特薇格的妈妈就"飘"进了厨房。我不是在开玩笑，这位女士无论走到哪儿都像是在飘来飘去。雍容华贵的她似乎已经不用像我们这些粗人走路一样。

据特薇格说，她和她妈妈在巴黎大吵了一架。虽然法国人并不过万圣节，但特薇格坚持要把自己打扮成挂着拐杖糖的坏巫婆。[①]特薇格妈妈说她这个样子让人看了很难为情。总之，她们的巴黎之行很不愉快。不过，特薇格妈妈微笑着看我的样子就好像什么事都没发生似的。她比特薇格会演戏，我猜这是因为她有多年的经验。大人们总是善于伪装。

---

①不要问为什么。

"我也很高兴看到您。"我说。当特薇格的妈妈满怀期待地扬起一侧眉毛时，我赶紧加上，"克莱瑞萨。"

特薇格的妈妈坚持让所有人，包括特薇格，都直呼其名。

"你爸妈都好吗？"克莱瑞萨问，"我好长时间没见到你妈妈了，她工作太卖力了。"

我咬着嘴唇，勉强点了点头。

"我真应该给她打个电话。你知道的，我们这些职业女性应该抱成团才对。"她笑容满面，可我的心却紧作一团。

"妈！"特薇格向克莱瑞萨甩去一个眼神，意思是说"你乱说啥呢"。

在学校的时候，特薇格总爱在课桌底下乱爬。她把自己假想成密探或者类似的古怪人物。然而，当她妈妈在旁边的时候，特薇格就变成了情景喜剧中最常见的那种很为自己的妈妈感到难为情的十二岁少年。

她妈妈在身边的时候，特薇格基本上就是个正常孩子。我还真不知道该如何评价这种感觉。

"好吧，好吧。"克莱瑞萨清了清嗓子。她先是做出一个微笑，然后又发出一阵高昂而清脆的笑声，"我得赶紧去趟办公室。你们想喝牛奶的话就跟伊莲娜说。"

特薇格对她妈妈怒目而视，我则轻轻挥了挥手和她说再见。克莱瑞萨又大笑了一番，接着便转身飘走了。

屋里就剩下我和她之后，特薇格对我说："真对不起。"

我要是特薇格就不会为克莱瑞萨道歉，因为她至少还在走动，还在说话，还在生活。不过，我没有发表评说。特薇格知道我妈妈已经不再工作了，但仅此而已。这个话题属于我们俩都避而不谈的范畴。

"好吧，言归正传，说说'鸡蛋行动'吧。"她用一种严肃的口吻说道，"你有什么想法？"

我叹了口气。先是爸爸，现在是特薇格，每个人都期待着我拿出想法。我把手伸进背包，拽出材料清单，"前几天我和爸爸一起买了这些东西。"

"好极了。"她拿过清单，扫视着所列物品，就好像"鸡蛋行动"是她的另一场游戏。我猜过不了多久她就得大谈战略、战术，说不定还会掷个骰子试试运气呢。"彩泥？"她表示不解。

我耸了耸肩："我觉得它可能会有用。"

她先是把脸皱成一团，接着点点头，说："嗯，我觉得这单子列得不错。还有篮球？"

"我觉得它可能也会有用。"

特薇格笑了起来。她一巴掌拍在桌子上，震得水杯都跳了起来。没人能像特薇格那样笑得如此痛快。"你怎么会觉得篮球有用？"

虽然特薇格只是秉性直言，也没有蓄意说什么不该说的话，但我还是两腮泛红，两眼热辣："也许可以把鸡蛋放进球里。"

特薇格皱起了眉。她的声调降了下来："怎么放？"

"嗯……"

她把头歪向一边，眯起眼睛打量着我，就好像我是她的科学问题，她正努力寻找答案。"你爸想都没想就把这些东西给你买了？他不觉得有点怪吗？"

"我想他心情不太好。"

我能感觉出特薇格在思考。她在琢磨我没有说出的话，但并没有开口问。

特薇格好就好在这里。

11 月 14 日

作业 14：依旧是调查研究

放学后，趁爸爸还没回家，我走进他的书房，坐上他那张宽大的椅子，开始在电脑上找寻有关高空坠蛋的一些想法。这不就是尼雷先生所说的调查研究嘛。我搜索到了一些原先想都没想过的点子，所需的材料还可以有塑料袋、棉球、牙签和吸管。我又列了一个新的清单。

这时，书房的门打开了。我知道肯定是她。

"你在干吗？"妈妈问。

我把爸爸的办公椅一转，面向着她。她的眼睛红红的，目光浑浊不清，像是睡了一千年。橙红色的夕阳照在她既没洗也没梳的金色卷发上。她的肤色也比平时苍白了一些。她看上去还是从前的模样，只是感觉缺失了什么。我很想哭，但我不愿意把她吓着。

她在书里写道：科学就是生活。科学就是问问题、找答案，永不停歇。我很想把她自己的话大声说给她听。我很想质问她：你为什么停了下来？可是我什么也没说。

"是学校的功课。"我说。我真希望自己能再多说点什么，

69

比方说兰花和比赛奖金，但我不知如何说起。我只想让她待在身边别走。

她走过来，开始拨弄我的头发。我的头发要比她的黑很多。我觉得自己又变回了五岁时的样子。"高空坠蛋设计？"她越过我的肩膀看屏幕。

"嗯，有点傻。"

不知怎的，她的触摸并不让我感到舒服。我觉得触摸我的人如此陌生。我的心又缩紧了。我想象自己站起身来，把转椅一脚踹到墙上。我想象自己把这个陌生的妈妈一把推开，冲着她嚷嚷：把她还给我！快把我的妈妈还给我！

"用麦片。"她说，"把鸡蛋装到塑料袋里，周围填上麦片。我像你这么大的时候就是这么做的。"

说完她就走了。我没站起来，我也没把椅子踢到墙上去。我既没推也没嚷，什么也没说。房门咔嚓一下关闭的时候，我的心也跟着碎了。不过我没哭。

我在那张清单上又加了一条：麦片。

第五步：步骤

现在到了制订行动计划的时候了！你的实验如何展开？花点时间列出具体的步骤。

记住：周密的计划产生完美的结果！

#为实现完美的结果而进行周密的计划

11 月 22 日
作业 15：作战方案与甲壳虫贴纸

明天是感恩节，今天只上半天课。下午的时候我和特薇格一起就"鸡蛋行动"交换了意见。特薇格已经画了一大摞高空坠蛋的草图，并且准备了一个贴满了甲壳虫贴纸[①]的专门的文件夹，里面有她全部的笔记。她明天要飞去纽约看她爸爸，但每当我提起此事时她都会转移话题。鉴于我也有我自己不愿提及的话题，所以我们俩都全身心地投入到科学研究中。

"你提到过篮球。"她把一张草图从粗毛地毯上推过来，我们正在她家的地下室里坐着，"我不应该笑话你的想法，它其实是可行的。你看，我们在这儿开个口，然后往里面灌水，之后我们再用强力胶带把口封上。你知道吗，强力胶带非常好用，几乎可以用来做任何事情。"

我坐在紫色坐垫上挪了挪身体。伊琳娜今天休息，克莱瑞萨正在加班制作圣诞节前必须要完成的一个新的手机应用更新，现在偌大的豪宅里只剩我们两个。有时候我特别想在特薇格家尖叫一声，只是想听听有没有回声。

[①]特薇格说，"纸世界"在搞促销，50 美分一张，趁着便宜赶快买。如果你是一个想买一大摞甲壳虫贴纸的古怪家伙，那听听她的建议也无妨。

"我想，篮球这个主意也许行得通。"我答道，其实我心里并不确定。我很感激特薇格对篮球这个想法表示支持，可老实说，那张草图看上去实在荒谬，只是一个鸡蛋漂浮在空心的篮球中。

"我还有这个方案。"她又递给我一张浑身粘满棉花球的鸡蛋的图案。"我们先用彩泥把鸡蛋裹起来，然后在上面粘上棉花。"小时候，我和妈妈经常一起做复活节彩蛋。我们把蛋黄抽出来，然后在蛋壳上画各种小脸。我们画鸡、画兔、画羊。画羊的时候还在蛋壳上粘上棉花。

"这个方案行得通。"我一边审视着她的图案一边说。这一次我是真心的。

特薇格咧嘴笑了。她通常并不会专注于某个项目，但一旦专注了就会全身心投入。她似乎并不介意我既没带草图也没带笔记。无论我们做什么，背后提供动力的总是特薇格。她敢闯、胆大且聪明。我们俩玩棋盘游戏，她几乎每盘必胜。我偶尔能赢也纯属运气，而我最近的运气实在太差。

我们还没开始高空坠蛋测试就已经弄碎了六个鸡蛋。制作保护装置时鸡蛋碎在我们手上，蛋清流了一地，幸亏有我们事先胡乱铺在地上的报纸。彩泥的效果并不好，我们在把它粘到蛋壳上的时候用力太大，结果弄得满手蛋黄。没过多久，地下室里就弥

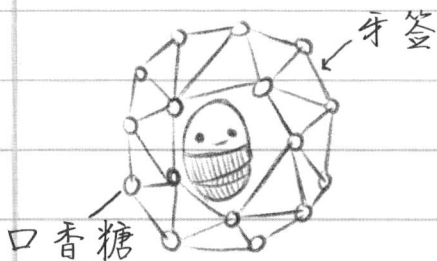

手签

口香糖

无法
打破的牢笼

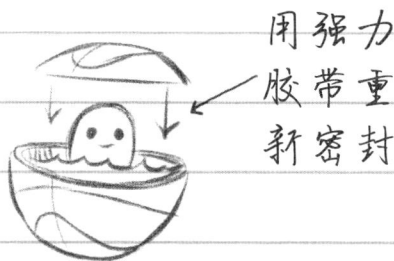

用强力
胶带重
新密封

投蛋得分

棉球天堂

蛋走高飞

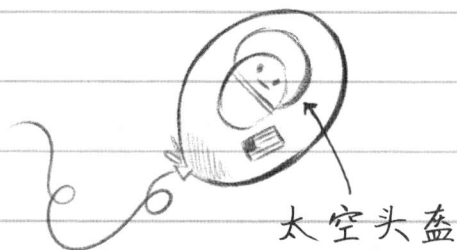

太空头盔

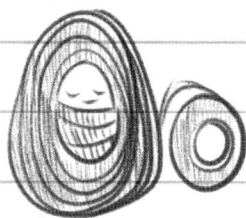

强力胶带
木乃伊

细枝

巧克力裤

斯麦格

漫着生鸡蛋味和刺鼻的彩泥味。

"这味道可真难闻。"特薇格看着从指尖往下滴的蛋液哈哈大笑。突然间，她伸过手来，在我的头发上抹了一把。

"嘿！"我连忙去躲，而她张着一双布满蛋液的手像僵尸一样向我扑来。"你这个怪物！"我喊道。可是我笑得太厉害了，根本来不及躲。她趁势倒在我身上，咯咯咯笑着，把鸡蛋抹了我一身。

"我觉得这个方法不行。"她坐起身来，在裤子上擦了擦手。

"可能得再琢磨琢磨。"我表示赞同。

"看来得去外面做这个项目了，先把这儿打扫一下吧。"她看着被毁掉的粗毛地毯说。好在克莱瑞萨不会为此大发脾气，她会毫不犹豫地把这块地毯扔出去。

特薇格跑上楼去拿纸抹布和湿纸巾，也许还有除味剂，我则和那几个牺牲了的鸡蛋坐在一起。我不知道自己为什么没有跟特薇格说妈妈出的麦片的主意，也许我是想暂时将其据为己有。

11 月 23 日

作业 16：感恩节

今天早上我下楼的时候，妈妈正在厨房将面粉筛进一个搅拌碗中。她洗了头发，还穿上了她最喜欢的那件有蓝星星的太阳裙。

"早上好！"她笑着说，就好像这是极平常的一天，就好像她每天都是这么过的。她的声音听起来也基本正常，只是有些轻微的浑浊。我觉得好像在听她的讲话录音，背景里有一丝静电的嗡鸣。

我忽略掉静电的存在。"感恩节快乐！"我欢快地说。我差不多是跳跃着来到了她的身旁。如果她的快乐是装出来的，那我愿意奉陪。

"给。"她把一袋苹果和一把削皮刀放到我面前，"我来做馅饼。"

我刚准备说爸爸不是要做馅饼吗，话到嘴边却咽了下去。我不想破坏这个时刻。看到妈妈出现在厨房，闻到刚削了皮的苹果香，我直想欢呼雀跃，把妈妈紧紧地抱在怀中。可是我们正在假装一切正常，所以我只好拿起一个苹果开始削。

屋里静悄悄的，可我不敢提议放音乐，于是便专注地听着削皮刀发出的声响：嚓，嚓，嚓。

"你爸爸去机场接你奶奶了。"她说，"她很想我们。"

由于妈妈目前的状况，我根本就没时间想我奶奶。奶奶每年感恩节都会来我们家，妈妈通常提前好几天就开始忙碌。自从她自己的父母去世以后，婆婆的到访就格外重要。她会啃着指甲在屋里走来走去，或是打扫卫生，或是做做美食。而今年，什么也激不起她的兴趣，似乎没有什么事情能影响到她。

我们沉默地做了一会儿饭。终于，她问："上学怎么样？"她不是那种主动问孩子上学情况的妈妈，通常都是我主动告诉她。

"还行吧。"我说。我也不是那种爱说"还行吧"的孩子。

"高空坠蛋比赛准备得怎样了？"

说实在的，我没想到她还能记得。我回想起和她在爸爸书房里的对话，感觉当时站在我面前的是一个完全不同的妈妈。"非常好！"我的声音有点大。

"你试了麦片了吗？"

"试了，非常好。"我说。我不知道自己为什么要撒谎。

妈妈的笑意仅仅局限在嘴边，它并没有传达到眼睛里。

如何制作蔓越莓苹果派

食材：

- 5 个青苹果

- 1 杯蔓越莓

- 3/4 杯白糖

- 2 勺半黄油

- 1 茶匙肉桂粉

- 半茶匙肉豆蔻

制作：

1. 将烤箱预热至华氏 375 度。

2. 在妈妈量取食材时削苹果。

3. 不要放邦·乔威的歌。

4. 搅拌，认真搅拌，假装一切正常。

爸爸和奶奶一起回来了。屋里暖气开得太足，奶奶刚进门就开始一件接一件地脱衣服，先是脱大衣，接着是围巾和皮手套，它们全都堆在了爸爸的怀里。

"哎哟，我的大姑娘呦！"她操着浓重的口音招呼我，"你都长成个女人啦。"奶奶的头发染得比以往都黑。她从仿制的路易威登皮包里掏出一堆来自韩国的礼物——鱿鱼干，彩色橡皮，印着欢蹦乱跳的卡通猫和卡通狗的睡衣。

"谢谢奶奶！"我接过礼物，假装她刚才说的并不是什么特别尴尬的话。

"我跟你说了无数遍，要叫我'哈莫尼'①。"她一边拥抱我一边说。其实，她并不当真。这只是她的老习惯，是我们俩每次见面都要有的寒暄方式。

我从小到大一次都没有叫过她"哈莫尼"。记得她第一次让我这么叫的时候，爸爸很无奈地笑了笑，说："好吧，奶奶。"这事就这么过去了。爸爸是奶奶一个人带大的，他说他在成长的过程中已经吸收了足够多的韩国词、韩国饭和韩国习俗，这辈子再也不需要更多的韩国文化了。他可以假装体内根本不存在韩国基因。

奶奶随即打开了话匣子。她跟我们说她最近的韩国之旅，说她的恶邻居和四十二岁的男友（她让我们管他叫"基恩叔叔"）。一年当中她除了去韩国看家人，便是在洛杉矶和基恩叔叔一起生活。等到她来和我们一起过感恩节的时候，通常已经积攒了许许多多的故事。她讲话时的样子让我想起了从前的妈妈——同样是欢歌笑语，同样是手舞足蹈，尽管她俩并没有血缘关系。

①哈莫尼：名词，韩国话中"奶奶"的意思。

没过多久我们便开始吃饭。我们家向来速战速决。奶奶也许并不喜欢西餐，但她没表示异议。

我小的时候，奶奶每次来都会给我们做她和我都爱吃的韩国菜，有石锅拌饭、牛肋排，还有韩国饺子，但爸爸一口都不吃。他会冲着我眨眼，说："我这辈子已经吃够奶奶做的饭了。"以前我没怎么想过这个问题，但爸爸的说法好奇怪呀，他的话语背后隐藏了很多深意。不管怎样，我一辈子都要吃妈妈做的蔓越莓苹果派！

苹果派烤好以后，妈妈在饭桌上一边笑一边吃，还问了奶奶很多问题。我几乎都忘记了她是有"状况"的。我也几乎忘记了过去四个月里那些沉默的夜晚、寂静的早晨和无边的黑暗。我几乎忘记了爸爸在厨房里磕磕绊绊，辗转于他很少使用的锅碗瓢盆之间，也几乎忘记了自己失去了她的帮助，一直挣扎于科学作业之中。看到妈妈脸上露出的笑容，看到她边吃边乐哈哈大笑，我几乎把这一切都忘记了。

然而，只是几乎，并非全部。

晚饭后我们一起在客厅里坐着，妈妈、奶奶和我坐在沙发上。奶奶抚摸着我的头发，和妈妈过去的动作一模一样。之后，她让我换上带小猫小狗图案的新睡衣。衣服有点扎人并且太小，但为了让她高兴，我还是穿上了它。

"艾普达！"[1]看到我之后奶奶大声惊呼。

爸爸一听到奶奶说韩语就浑身僵硬。他总是这样，不知道为什么。

我把头枕在奶奶的腿上，感觉又回到了小时候听大人们闲谈的情景。过了一会儿，爸爸开始谈他的工作与研究。听着他的声音我慢慢睡着了。

昏昏欲睡之时，我感觉妈妈正在隐去，爸爸依旧说个没完。周边的世界正在反方向运行，而过去的我们是什么样子，我已经无从记起。

第二天早晨醒来的时候我晕头转向、胆战心惊，像是做了场噩梦。爸爸正在厨房，他把碗碟从洗碗机里拿出来，放到该放的柜子里，昨天晚上欢乐的迹象就这么被清洁、洗刷了。奶奶住在临近的酒店，过一会儿会和我们一起吃早午餐。我没看见妈妈，她的卧室门又关上了。

"早啊，娜塔莉！"爸爸做出一副欢快的样子，指着洗碗机的顶层说，"帮我把杯子放回去好吗？"

我走到他的身旁，开始拿杯子。我们俩谁也没说话，只是默默地在厨房里走来走去。屋子里只有杯盘碰撞的声响。我急不可

---

[1]艾普达：形容词，韩语"漂亮"的意思。我小的时候，奶奶经常对我说这个词，以至于我还以为这是我的韩语名字。后来我到处跟人说"艾普达"是我的韩语名字，直到有一次被爸爸听到，他让我别说了。

待地想见到奶奶，因为她会让屋子里再度充满声音，她会让妈妈再度走出来。

"娜塔莉！"爸爸说话了。听得出他仍在刻意做出欢快的样子。"还记得我们去看心理医生的约定吗？我和一位心理医生联系上了，你会很喜欢她的。她是一位……"

"好吧。"我打断了他的话，从洗碗机里又拿出两个杯子。陡然间我觉得这两个杯子好重，我砰的一声把杯子放到台面上。"妈妈呢？"我问，我再也忍不住了。

爸爸皱了皱眉："在卧室，不过……"

我试图从他旁边溜过去。我想看到她，我想确认昨天晚上那个笑容满面的开心的妈妈不是幻觉，可爸爸拦住了我。

"先别叫醒她。"他说，他的语气里有一种我不愿正视的锋芒，"她在睡觉。""睡觉"这个词包含了一千种不同的含义。我很肯定其中有五百种都是我所不能理解的，但最重要的含义我是懂的。

妈妈的书中有一条注释，不长，只有一小段，叫作"说说植物学词汇"。她对那些好听的科学名词和专业术语做了介绍，并对书中的脚注做了解释。她说，理解这些词的含义至关重要。因为你一旦理解了它，这个词就属于你，就成为你的一部分。

以前我翻妈妈这本书的时候，常常只看脚注。我试着记住那些复杂的定义，试着读懂她的不可理解的语言。可是，有些词太大了，难以驾驭；有些词则被赋予连词典中都找不到的意想不到的新含义。

所以，当爸爸说妈妈在"睡觉"的时候，我一下子被这个词给击垮了。我回到自己的房间，连早午餐都不吃了。我一直读妈妈书里的脚注，读到大脑完全被植物学词汇所填充，读到再也听不见现实生活的撞击。

11 月 27 日

作业 17：磁铁

问题：温度对磁铁有何影响？

材料：

- 3 块磁铁
- 1 块电热板
- 50 个金属垫圈
- 1 烧杯冰水
- 钳子

假设：热磁铁的吸力强于冷磁铁。

星期一总是不好过，而感恩节之后的星期一尤其让人难以忍受。看得出没人愿意来学校，不管是学生还是老师，不管是清洁工还是厨娘。每个人都睡眼惺忪，每个人都步履沉重，每个人的嗓音中都透着忧伤。

我是学校里唯一一个快乐的，因为我不用再待在家中。

特薇格拖着脚步来到了科学课的课堂。"上学真是世界上最糟糕的刑罚。"她把头靠在我的肩膀上说。源泉中学七年级的其他学生也都懒懒散散地往各自的课桌旁走去。

"周末过得不错？"我问她。

"我跟我爸在一起，所以说还行。"

比起她妈，特薇格更喜欢她爸。她总是这么说，可我不懂这是为什么。她一年只和她爸见几次面，平日里不顾工作繁忙尽可能多陪伴着她的是她妈妈。有时候我真觉得特薇格古怪。我们做好友好多年了，可有时候还是不太理解她。

"你过得怎样？"她问。

"我奶奶来了。"想到早晨奶奶离开家的情景，我的心又是一紧。奶奶把欢笑声也带走了。

"她给你带怪异的日本礼物了吗？"

"是韩国礼物。带了。"

"有棋盘游戏吗？"

"对不起，没有。"①

特薇格叹了口气："我本不该有什么期望值，今天怎么过都不会好。"

---

①有一回奶奶的确给我带了一种韩国的电子游戏，里面既有外星人，又有瑜伽，让人玩起来欲罢不能。可特薇格坚决不玩。"听起来很棒，"她难过地摇摇头，"但我是个纯粹主义者，只喜欢棋盘游戏。"

特薇格每次离开她爸时心情都很差，这我能理解。不过，几个月前我还想象不出失去父母一方会是什么感觉，现在也许能感觉到了。

尼雷先生拍了拍手，让大家赶紧坐下来。我们于是全都回到各自的座位上坐好。今天连尼雷先生看上去都显得忧郁。显然假期并不能使人快乐。它只会让人在假期之后的每一天怀念他（她）曾经有过的欢乐。

"今天我们开始学习自然科学这一单元。我们先从磁铁入手。"尼雷先生说，他还在尽力做出神采飞扬的样子，"在你们的工作台上，你会看到三块磁铁，你要把这三块磁铁放在不同的温度条件下。一块磁铁要加热，一块磁铁要制冷，还有一块要保持室温。请大家分成两人或三人小组进行实验。"

之后，他又说了些别的东西，比方说磁铁的特质以及我们应该做怎样的合理猜测，可是我已经不再听了。我和特薇格自动走到教室后排我们的实验桌旁。

"真想念罗纳尔多啊。"特薇格叹了口气。

"罗纳尔多是谁？"我表示不解。我们坐上实验凳，开始摆弄眼前的材料。

"我们的青蛙呀。"她说，就好像这是再明白不过的了。

我惊讶地看着她："你是说被我们解剖掉的那只？"

特薇格举起一只手望天，说："安息吧。"

尼雷先生正在给我们下指令，他让我们把实验材料和所做的假设写在科学实验本上。我听得三心二意，心不在焉地按照他说的做。这时，达里端来一把凳子，在我们的桌子旁坐了下来。他什么也没说，就这么坐了下来。

以下是我的假设：特薇格是不乐意接受新人的。

"嗯……"我说。

特薇格冲着达里眯起了眼。她本意是想起到威慑的效果，可脸上的表情却让人觉得她是一只没睡醒的猫。我突然想到我还没来得及告诉她有关达里的土豆服和我们之间不尴不尬的迷你对话。我一直都想告诉她来着。

"乔治病了。"达里说。乔治是他往常的实验伙伴。达里看起来比我们年级里的其他人都要大。他并非人高马大（虽然他的确是我们班上个子最高的男生），而是实际年龄比我们都大。他似乎并不在意别人看他的奇怪眼神，也没有像特薇格那样做出更为怪异的反应。他只是耸耸肩，冲你笑，还一直注视着你的眼睛。这让我有点不自在。

其他人也开始以奇怪的眼神看他。米凯拉还在珍妮的耳旁悄悄说了点什么。我知道她大概对我和特薇格居然和一个男孩子交谈感到惊讶，也许还说了点刻薄话。不过我几乎可以不怪她。[①]因为，要是乔治病了的话，达里本应加入汤姆·K和尼克那一组。男孩子总是和男孩子在一起，女孩子总是和女孩子在一起，这是中学校园里不成文的规矩。

达里耸了耸肩，面带微笑，继续坐在我们俩的旁边。

很显然，他是不准备离开了。于是，特薇格嘟哝了一声，把实验材料往他那边一推，说："开始吧。"

达里立刻行动起来。只见他在本子上刷刷刷地做了些记录，接着把实验材料腾挪了一番，不到五分钟便为我们呈现出一块加热了的磁铁、一块冷却了的磁铁和一块常温下的磁铁。

"抱歉，我应该让你们俩一起做的。我有点忘乎所以了。"说着，他脸红了（这让他的脸显得更黑），看起来是真心为做了所有的工作而感到内疚，"因为乔治从来不动手，所以我就……"

特薇格目瞪口呆地看着这些磁铁，她的嘴巴真的是张开的。通常，我们俩要花一节课的工夫才能把某项实验做完。因为我们会半路分神，讨论起应该具备怎样的超能力[②]。经常实验做到一半才意识到我们根本没听老师的指令，操作过程全是错的。

"嗯！"特薇格点点头，表情十分严肃，"我们确实是想多

---

①好吧，我承认我还是要怪她，男孩子毕竟是我们俩不再是好朋友的原因之一。四年级的时候，她迷上了男孩子，想让我们都找男朋友，还说看谁先找到。哼，谁稀罕？！
②我希望能隐身，特薇格希望会变形。

做点贡献。不过，你要是让我来测试热磁铁的话，我就不向尼雷先生告发你。"

达里咧着嘴笑了。他伸出手去，让特薇格握，之后又把手伸给了我。在和他握手的过程当中，我感觉得出，他已经获得了我们的认可。

也许我们也获得了他的认可。

特薇格拿起钳子，把磁铁从电热板上夹下来。她夹了好几次才成功。磁铁取下来后，她兴奋地大叫一声，随即把它放到金属垫圈的上方。我们一起数着被热磁铁吸起来的垫圈。特薇格一共吸住了十三个，达里用室温磁铁吸住了二十个，我用制冷后的磁铁吸住了二十九个。

特薇格跳将起来，大声喝彩："你赢了，娜塔莉，你赢了！"

我虽然在笑，但心里一阵发紧。我的假设是错的，世界并不像我想的那样运行。

达里开始向我们解释冷磁铁吸力强的原因，大意是热磁铁的分子排序被打乱了，等等。特薇格频频点头，就好像她真的在听。她的举止可真不像她自己，居然能把注意力放在科学实验上。我不再听他和她的对话，开始在笔记本上胡乱画起了雪花和花朵。

制冷后的磁铁居然吸力最强，这可真有意思。有点像多年生植物冬天的时候看起来几近死亡，实际上却在等待复活的时机。也许我们不应该对寒冷中蕴含着力量这件事感到惊讶。也许世界上最强大的事情就是坚信有一天你还会恢复到从前，所以便执着地等待，直到有一天你重新站到了阳光下。

放学后，我和特薇格一起骑车去她家。我们穿得很厚，顶着冷风骑行。她说："我想我们应该接纳他。"

有那么一刹那，我不知怎的，还以为她说的是那只被我们开膛破肚的青蛙罗纳尔多。可特薇格接着往下说："这样我们就不用再为作业发愁了，只要坐在那儿就能得 A。"

此时的特薇格就像二体合一，一个是我认识的，一个是我不相熟的。她既是那个变着法子逃避功课的聪明女孩，又是一个建议和新人一起混的陌生人。我认识她这么多年了，她还从来没有这样过。[1]

我耸了耸肩，说："好啊，不过达里是因为乔治病了才和我们坐到一起。"

特薇格皱了皱眉，加快了骑行速度，猛一下蹿到了我的前头。"那就让他来得容易去得快！"她冲着清冽的秋风喊道。

---

[1] 有一次我在特薇格家过夜。她妈妈说，特薇格应该扩展朋友圈，除我之外还应该结交更多的朋友。老实说，这话说得有点无礼，好在特薇格很快制止了她。"我并不需要其他的朋友，十分感谢。"克莱瑞萨从此没再提起过这个话题，至少在我面前是这样。当然，我也从来没有问起过。

12月1日

作业18：想倚靠妈妈却只能数数

有没有可能因为伤心而对一个人发脾气？

今天晚上回到家，我看见妈妈正坐在沙发上看电视里的烹饪节目，便挨着她坐下，跟她讲这个星期早些时候发生的有关达里和磁铁的"怪事"。我跟妈妈说，特薇格居然建议我们接纳一个新人，虽然她说只是为了得A，但她和他相处得很好，看上去很喜欢和达里在一起。我不知道该怎样理解这个全新的特薇格，我也不确定自己为什么不高兴。我想和妈妈谈一谈，希望妈妈能帮我解析这些烦恼。

妈妈笑着，频频点头，但是我能感觉出她其实并没有在听。我知道她在努力，我也听爸爸说过这种茫然的状态并非她的过错，可我顾不得这些解释了。我只知道我坐在她面前向她诉说，她却没有听。

"我和特薇格正准备参加高空坠蛋比赛。"我说。我在想，也许说到科学，她就能集中起注意力，"我们的鸡蛋老是打碎，很希望得到你的帮助。"

妈妈直勾勾地看着远方，过了好久才转过头来对着我，好像在做慢动作："对不起，宝贝，你在说什么？"

望着她的眼睛，我就像在看一口深不见底的井。我想摇晃她，我想跳到沙发上，挥舞着双臂嘶吼。

可我最终还是转过脸去，不再看那双深不见底的眼睛。"没事。"我说。我走出客厅，回到自己的房间。

她没有叫住我。

我把门轻轻关上——我还做不到猛一下把门摔上。躺在床上，我开始努力数数。我小的时候常发脾气，每当这时，爸爸便把我带回到我自己的房间，让我坐在床上数到一百。数完以后，一切就都风平浪静了。

一、二、三……

我无法接受的是：感恩节那天她还在放声大笑。当然，她是为了奶奶笑的。那可真叫个努力，可她却不愿为我付出这样的努力。我的脑海里又浮现出那年冬天生病的情景。她躺在床上日日夜夜地守护着我，安慰我，不愿离开我……

我把这些思绪掩埋起来，继续数数。

　　数到五十二的时候，我做了个决定：既然她不关心我，那我也就不关心她。现在的她不是我妈妈，只是一个穿着妈妈外衣的冒牌货。

　　我恨她。

　　我恨她。

　　我恨她。

12 月 7 日

作业 19："2+1"，又名"不是那么高等的代数"

特薇格今天遇到麻烦了。这本不值得惊讶，因为之前她还惹出过"眼药水风波"和"被盗乌龟风波"，可今天的事情依然让人恼火。特薇格不知道适可而止。对于她来说，"不可以"这个词是个挑战。我能理解老师们为什么都被她气疯了。有时候我真想使劲晃她，对她说："特薇格，快别干了。"可真这样的话，她只会闹得更欢。

事情是这样的：午餐时间，她偷偷溜进教工休息室，把一大壶凉咖啡喝掉了一半。她这么做的原因仅仅是学生不被允许这么做而她又非常好奇。结果，她亢奋了，像是增加了一千倍的超能量。她不停地说话，还在教室里闹腾，结果当然是被校长约谈了。这可能是迄今为止特薇格在这所学校里的第一百次被约谈。她跟我说放学后不用等她了，可我说不管怎样我都会等她。我不想马上回家。

达里又坐在了储物柜旁。这也不奇怪，他的姓是以 K 开头的，所以他的储物柜位于走廊的正中央，正好在我和特薇格的储物柜中间。

"我以为只有失败者才会在放学后留下。"他见我在特薇格的储物柜前晃悠，开口说。

"我可没说过你是失败者。"我说。

他笑了："你干吗还在这里溜达？"

我朝他走了过去，隔着十五个储物柜说话多少有点尴尬。"特薇格惹麻烦了。嗯，也不算太大的麻烦。她爸妈往这所学校里捐了好多钱，所以她也惹不了真正的麻烦。"说完这话我又觉得没必要和他分享这些。

他笑了笑，没有作答。达里话不多，更像是个思想家。他似乎要把所有要说的话都先在脑子里储存好了才可以开口。

"又在看高等代数？"我指着他腿上的本本问。

他摇了摇头，把实验笔记拿给我看。

"噢！"我凑近了一些，去看他画的草图。"你是在准备高空坠蛋比赛？"我不知道自己为什么会觉得惊讶。他当然要参加比赛。尼雷先生不是说过吗，达里还有那些最好、最聪明的学生都要参加比赛。

他点了点头："尼雷先生说我可以把它当作科学研究的课题。我正在研究锐角对撞击产生的影响。"

95

"噢。"我说，就好像听懂了他的胡言乱语，"我也在准备这次比赛。"

达里笑了，而且笑得很灿烂。我立刻后悔把这个消息告诉了他。他是我的竞争对手，也许将是我不共戴天的敌人。谁知道呢，我也没参加过多少比赛。这时，达里哧溜一下坐到了地板上。条凳上的空间本来就足够大，我想他这是让位给我坐。于是我就坐了下来。

"你有想法了吗？"他问。

"嗯。"我答道。

"你要是不想告诉我就不用说。"他的语速很快，脸又红了起来，"我不是为了刺探你的情报。"

如果妈妈听到这话一定会摇头。她会说，科学家从来不会因为向别人发问而表达歉意，正是因为有了问题我们才有活力。

"没关系。我们有了一些想法，但不算成功。"

他笑了，说："你要是愿意，我们可以组个团队。"

我犹豫了，心里想，本来是两个人的奖金现在要三个人分了。然而，我接着想起了磁铁实验，还有和特薇格一起弄碎了的鸡蛋。"为什么要组团队？你完全可以独立完成。"

他耸了耸肩，一副煞有介事的样子："也许行吧。"

　　我正琢磨着该怎样回答他，就见特薇格从楼梯间蹿了出来。她穿着用记号笔涂抹过的匡威鞋，蹦蹦跳跳地向我们走来。七年级的教室位于教学楼的顶层①，我们都讨厌爬楼梯，而特薇格却从来没有因为爬了三层楼而气喘吁吁。

　　她看了看达里，又看了看我，看我的眼神还有点怪异。"你们好啊！"她说。

　　我赶紧站起身，不知怎的还有一种做错了事的感觉，"特薇格！怎么样啊？"

　　她翻了翻眼珠子："老一套！花生黄油夹心饼校长②认为我应该学会尊重别人，还让我去看心理医生。"

　　心理医生？我一下子想起了爸爸，心里一紧。"特薇格，"我说，"达里希望和我们组成团队，一起参加高空坠蛋比赛。"

　　"我们？"达里不解。他一会儿看看特薇格，一会儿又看看我。之后，他咧着嘴笑得不亦乐乎，好像这是天底下最好的消息。这孩子可真够怪的。

　　"我们！"特薇格答道。她在我和她之间比画了一下，做出那个旨在威慑却看似睡猫的鬼脸。

　　"特薇格和我一起做这个课题。"我解释说，这一点我想他已经猜出来了。

①八年级在二楼，六年级在一楼。人们普遍认为三楼比一楼好，因为三楼不用挨着餐厅（也是体育馆，同时又是礼堂），可我不这样认为。我觉得老师们是不想吓着刚入学的六年级新生，怕他们要求转学。
②实际上，校长应该叫纳特·波特（Nutt Burter），可他的名字和花生黄油夹心饼（Nutter Butter）实在太像，这也难怪我们给他起外号。

"太好了。"达里的笑容非常真诚。

特薇格调整了一下书包带。"我们得走了。"她说。

她这句话是说给达里听的，也是说给我听的。说完之后，她再没二话，噔噔噔地下了楼。

我冲达里尴尬地挥了挥手，急忙跟在她的身后跑去。到了一楼，我问特薇格："你没事吧？"

"你们搞什么鬼，难道我不够聪明吗，难道我们俩配合得不够好？"她质问道，一边说一边大踏步地走出校门。

"是他主动提出来的，"我争辩说，"和我没有任何关系。我只是想有他参加也无妨。你不是说过要和他多合作吗？"

"那是为了功课。"

"从本质上说，这也是为了功课。"真搞不懂特薇格！一会儿要和达里合作，一会儿又不愿意和他合作。

"区别是我们参加比赛也是为了玩，为了一起玩。"

说着我们来到了自行车旁。特薇格把腿跨过车座，脚趾点地立在那儿。我一边开锁一边对她说："有他的帮助，我们的课题就能得 A，也许还能得到奖金呢。"

"谁稀罕奖金？"特薇格说。

就像我之前所说的，特薇格和我有时候就像来自不同的星系。

"我稀罕。而且我向你保证，一定很好玩。"

特薇格使劲叹了口气，双眼紧盯自行车。"好吧，好吧，让他加入吧。我要回家了。我妈请了几个名模朋友过来。"说着，她双脚一蹬扬长而去。我不敢肯定她说的是真是假，但无论真假，她都没有邀请我同去。

而家总是要回的。

回家以后，我看到妈妈的房门又关上了，便决定以牙还牙。我一句话没说，径直从爸爸身旁走过。一进卧室我就把门给锁上了。妈妈的书还在床上放着，我抓起它扔到房间的尽头。书砸到了墙，脸朝下栽到了地上，书脊张开，书页也起了皱。我跟自己说，管它的呢，那上面的字我一个都不想再看了。可是，五分钟之后，我又坐到了地板上，把书页抚平，把那些读了无数遍的段落再读一遍，嘴里像念咒似的重复着那些拉丁词。

兰科，卡特兰属，勇兰种。

12 月 11 日
作业 20：正北

尼雷先生没过多久便找回了积极性。今天他在课堂上宣布，我们将继续做有关磁铁的实验。用他的话说，这是大自然的魔力。老实说，真搞不懂尼雷先生的兴奋来自何方。真希望能把这份兴奋抽出一点来给我妈妈。

分成小组之后，达里走过来跟我和特薇格坐到了一起。乔治今天来上课了，但他毫不犹豫地加入了汤姆·K 和尼克的那一组，就好像从来都是这样的安排。全班只有米凯拉注意到了这个变化，她隔着教室皱着眉盯着我们看。

我以为特薇格会发飙，就像几天前，可她深吸了口气，什么也没说。达里冲她扬了扬眉毛，她耸了耸肩，两人之间似乎在进行着一种我所不能理解的沟通与交流。接着，达里坐了下来，开始在本子上写：

材料：
- 针

- 磁铁

- 蜡纸

- 碗

- 水

正如我们所预料的那样，达里很快便将指南针准确地组装好了。特薇格一边赞许地笑着一边把他的笔记抄到自己的本子上。她挨着他很近，长长的金发在我和达里的笔记本之间形成了一道帘障①，于是我只好拨弄着剩下的几块磁铁。我把其中的一块翻了个面，让它把桌面上的所有磁铁都吸了过来，之后，我又把它翻回去，让它把挡在道上的所有一切都排斥开，像是在替它表态：不了，谢谢，我不需要。

"我们得制定一个高空坠蛋比赛的行动方案。"达里说，他和特薇格刚把实验做完。达里的声音把我吓了一跳，我又回到现实中来。

"行，行，队长！"特薇格说，她的语气有挖苦的意味。我知道她还在为前两天的事儿不快，但达里可能感觉不到。

达里皱了皱眉："我觉得我当不了队长。"

---

①严格来说，我们每次实验前都应该把头发扎起来，可特薇格绝少这么做。我觉得她只在解剖罗纳尔多的时候做过这么一次，而那也是因为她不想让头发沾上青蛙的内脏。

特薇格把铅笔放到唇边，非常严肃地说："你说得没错，你书呆子气太重。"

达里认真考虑了这句话，说："那我做任务分析师怎么样？我喜欢分析。"

特薇格眯起眼睛看着他。我有点担心，怕她说出什么刻薄的话来。谁知她却说："你做任务分析师可以，但我必须做首席执行官。也就是说，我说什么就是什么，你要是把事情搞砸了，就得出局。"

对此，达里不仅没有像其他人那样感觉受到了冒犯或是浑身不自在，而是说："很高兴认识您，首席执行官！"说完之后哈哈大笑，继而与特薇格握手。大笑与握手是达里特别爱做的两件事。

"哦，行了。"我说，我想换个话题。我不喜欢他们看我的样子，他们似乎在等着我回答我没有准备过的考题。"我们少把精力放在这些绰号上，还是多想想高空坠蛋方案吧。"比起他俩轻松、调侃的语气，我的声音像仙人掌一般扎人。有那么一瞬间，我觉得自己十分无趣。

特薇格看着我，扬起了眉毛。接着，她扫了一眼达里。他们俩突然变成了一个团队，而我似乎并不喜欢这样的默契。现在是他在做所有的功课，是他在她身边打趣逗乐，我的位置也许快被他给取代了。可是，特薇格笑了。她说："我知道谁是队长了。"

达里哈哈大笑，举起手来向我敬礼。特薇戈也效仿起他的样子。

尽管我没有痛哭流涕——在科学课上痛哭流涕实在是尴尬，但心里还是美滋滋的。我们面前的水碗里漂着蜡纸做的小船，上面放着磁化了的小针，正直对着我，那是正北的方向。

"我不太清楚该怎么当队长。"我说。我希望我的声音听起来不那么严肃。他们俩都把这件事当乐子，而我的表现却显得很怪异。

不过，达里在笑，特薇格也在笑。"你当然知道怎么当。"特薇格说。她轻弹磁针，让它转了一圈又一圈。

是的，队长！
首席执行官报到。

第一要务：
　　我们的任务分析师
　　　是个**书呆子**！

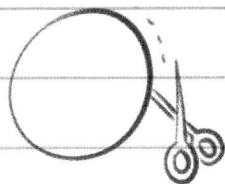

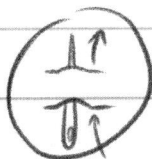

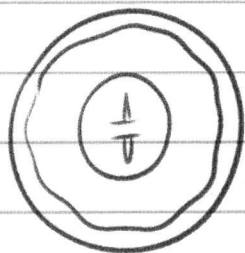

如果你说的"书呆子"
是指"聪明睿智"，
那么没错。
　　　　——任务分析师

12 月 13 日

作业 21：多丽丝日

我猜爸爸终于决定不再给我更多空间了，也就是说他要付诸行动了。今天他到学校来接我，这是个极其不妙的迹象。

"我要和特薇格一起骑车回家。"我说。虽然我已经胆战心惊地过了一整天，但此刻的我决意不予配合。天气变坏了，气温降到了零度以下，我们今天全都穿上了羽绒外套。不得不承认，冬天终究是到来了。

"你可以把自行车放到后备箱里。"爸爸说。

看到爸爸出现在家门外的世界让我感到很不安。我这么说是不是有点奇怪？但直到这时我才意识到，爸爸和我都被妈妈的抑郁所缠绕。我们像是两根指南针，齐齐地指向妈妈。几个月来，我们俩没有一起外出消遣过。我想爸爸也意识到了这一点。因为，我一上车，他就用一只胳膊搂住我，给了我一个笨拙的拥抱。

"多丽丝很棒，你们会聊得很好。"他说。这是第二个不妙的迹象。因为，任何事但凡和名叫多丽丝的人有任何瓜葛，就绝不会有好结果。[①]我没问多丽丝是何许人，一半原因是我不想知道，

[①]难道只是我这么想？难道多丽丝这个名字没有让你马上想到某个厨娘？或是那个给猫织毛衣的老妇人？如果你的名字叫多丽丝，那我就跟你说声对不起。只是……你懂的。

另一半原因是我已经知道了。

我的手心开始冒汗。

一路上爸爸拼命找话题与我闲聊，其实他并不擅长聊天。汽车朝着妈妈以前工作过的兰卡斯特大学的方向行进。我们先是要经过几个老旧街区。爸爸已经把车里的暖气开到了最大，但驶过那些破败楼房时，我还是把外套裹得更紧实了一些。一想到要重回妈妈工作过的实验室，我的心里就翻江倒海，似乎连想一下都是对妈妈的背叛。

然而，我们穿过破旧街区以后没有往右而是向左拐了。我们一直往前开，最后来到了一栋看起来冰冷的混凝土办公楼的停车场。这时候的我已经非常烦躁了，很想从后备箱拽出自行车，一路骑回家去。只是我不知道该怎么走，路太远了。而且，我要是真这么干的话，爸爸一定非常生气。于是我只好跟着他走进了那栋楼，来到了多丽丝·麦肯纳医生的候诊室。

没有事先打招呼就把我带到心理医生的诊所，这简直就是和我打游击战①！我当场就对自己发誓说，以后绝不会对自己的孩子设这样的埋伏。我绝不表现得好像自己什么都懂，而孩子们连自己做决定的能力都没有。

我很肯定，我的耳朵一定像漫画里画的那样冒了烟，因为爸

---

①游击战：去年我们在课堂上学了游击战（guerrilla warfare）和伏击战术。结果，所有人都开起了"猩猩战"（gorilla warfare）的玩笑，因为这两个词的读音完全相同。男孩子吃午饭的时候个个蹦蹦跳跳，抓脑袋，挠腋窝，还像大猩猩一样哼哼。中学男生真是地球表面上最让人难为情的动物！

爸知道我生气了，连闲聊的话都不说了。我们就这么坐在候诊室里。他拿起一本诊所里常见的《国家地理》杂志，把一只脚架在另外那条腿的膝盖上，开始有滋有味地读，好像那本书里的一切都跟棉花糖史莱姆似的吸引着他。

我交叉起双臂抱在胸前。爸爸抬头看着我，皱起了眉。他居然还能做出不解的样子："娜塔莉？"

我怒视着他。

他用手搓着一侧的脸颊，看起来很忐忑，好像刚意识到犯了一个错误。"娜塔莉，我们不是说过这件事了嘛。不记得了吗，我给你约了心理医生。"

我知道，他确实是提过心理治疗，可我以为他只是说说而已。而且，这件事本来就是不合理的，是他为我做的决定。我不想待在这儿。

我环顾四周。候诊室很小、很憋闷。我正准备策划一场胜利大逃亡，却见治疗室的门打开了。

多丽丝医生走出来叫我的名字。她年轻、漂亮，长了一头红褐色的头发，戴了一副黑色宽边眼镜。叫我名字的时候，她满脸是笑，而我却是怒目而视。我觉得有点对不起她，因为她只是在做分内的工作，毕竟不是她强迫我来的。她本不应看我这张臭脸。

这时，爸爸竖起两个大拇指，对我说："祝你好运，娜塔莉。"听了这话，我倒是不觉得绷着一张臭脸有什么不好。

多丽丝的办公室和爸爸的不一样。爸爸办公室的墙涂成了乳白色，所有的家具也都是白的，而多丽丝的办公室则是绚丽多彩。一切的一切都是明亮的：明亮的桃色墙壁，明亮的蓝色家具，还有从明亮的大窗户里透进来的明亮的阳光。她的咖啡桌上摆着色彩鲜艳的小玩具，有魔方，还有彩虹弹簧圈。窗户旁放着大约二十种不同的植物，花儿的颜色也各不相同。我不得不承认，这间办公室的快乐花园的氛围的确让我感到很舒服。我只是担心这也许是某种心理治疗的手段，目的是人为地创造一种让病人舒适的环境。这么一想我就不知道该作何感受了。

"很高兴见到你，娜塔莉。我听说了很多关于你的趣事。"多丽丝医生说。这意味着爸爸已经和她说了关于我的一些事情。这真是不可接受，但事到如今也只能这样了。"我是多丽丝·麦肯纳医生，你叫我多丽丝就好。"

她的笑容很慈祥，让人亲近，不过我看得出这是心理医生的治疗手段。我可不准备叫她多丽丝。这么称呼就好像我们俩是朋友，我是主动而不是被爸爸强制而来似的。

作为回答，我微微耸了耸肩。

"最近感觉怎么样？"她问。

我不想回答，但我已经很不礼貌了，所以只是说："还好。"这比什么都不说强。

多丽丝笑着点点头，似乎在等着我继续往下说。于是我就说："我不想谈妈妈的事。"

她脸上的表情满是同情和理解，我差点哭了。我周边有很多纸巾盒，它们似乎在向我召唤："哭吧，哭出来吧！"可我没哭。

"那你想谈点什么呢，娜塔莉？"

我不喜欢她叫我名字时的那种亲密感，就好像我们俩是最要好的朋友似的。①

"我正在做老师布置的一个课题。"我说。大人们都爱听小孩说学校里的事。

多丽丝的脸上绽开了花，看得出我的判断是正确的。因为，即使她受过与小孩交谈的训练，她的本质依然是个大人，势必也要落入"瞧，我对你上学的事情很感兴趣"的俗套。"那是个什么样的课题？"她问。

我于是将"鸡蛋行动"、科学方法、达里、特薇格等全都告诉了她。不过，我没有跟她说那五百块钱奖金以及我打算如何利用那笔奖金的秘密计划。

---

①我真正最要好的朋友特薇格几乎从没叫过我的名字。她只是说，嘿，你！我一听就知道她是在跟我说话，因为她不跟我说话跟谁说话？

"特薇格和达里说我应该担任'鸡蛋行动'的队长。"我接着说，但即刻便后悔跟她提起了这件事。这等于给了她一个揪住我不放的理由。我把运动鞋的脚尖深深扎进了水鸭蓝的地毯，好像要在地上凿个洞似的。

多丽丝歪起了脑袋："你对当队长这件事有什么感觉？"

嗯……这话听起来简直就是爸爸问的问题。我耸了耸肩，说："还行吧。"

多丽丝医生把笔记本放在旁边的茶几上，往前侧了侧身。"看起来当队长这件事让你觉得有点紧张，我完全能够理解。"

我感觉，因为不能谈关于妈妈的问题，多丽丝医生不得不四处寻找另一个问题，可实际上我真的没有什么大碍。我当然会有点紧张。一想到比赛，我的心里就会有一种沉甸甸的感觉。当队长这件事平添了一层恐惧感，甚至还让我觉得有些孤独。

不过，我不准备告诉她这些。

我看着鞋子，耸了耸肩。

多丽丝医生再开口的时候，语气非常温柔："你跟爸爸妈妈说过这个鸡蛋的课题吗？"

"应该说是'鸡蛋行动'。"我更正她。

"噢，是的。"

"嗯，说起过。"

好了，我不再跟你们交代那些无聊的细节了，在接下来的一个小时的时间里，我们的谈话基本上就是围绕"鸡蛋行动"展开。多丽丝一直想把话题引向爸爸妈妈，而我一直要把这个话题绕开。所以，我们谈了半天，实际上都是废话。

我看着时钟，心里进行着倒计时：五十分钟，四十分钟，二十分钟，十分钟……到了冲刺阶段的最后五分钟时，她说："我知道你今天还没有做好谈妈妈的准备，我也尊重你的选择，但是下个星期希望我们可以聊得更深入些。"

除了说"好"我似乎无话可答，于是我也就说了声"好"。

出来的时候，爸爸并没有问我谈话进行得怎样，而是给了我一个拥抱，这让我觉得很难为情。他身上散发着快乐，好像终于松了口气。我爱爸爸，也知道他在尽力帮助我，但走出多丽丝医生办公室的时候，我还是很想惩罚他。我从他的怀里挣脱出来，什么也不说，回家路上也全然保持沉默。车子停进私家车道以后，我钻了出来，狠狠把门摔上。我能感觉到爸爸的快乐瞬间被我击碎了。

我好像无法控制自己。我突然间变成一个刻意要伤害自己爸爸的恐怖家伙，我搞不懂这是为什么。

也许下个星期我可以和多丽丝医生说说这事。

唉，还是不说了吧。

第六步：实验

　　你们等待的时刻终于来到啦！现在，我们将测试你们的假设是否正确！你们的合理猜想经得起伟大的科学方法的考验吗？
　　#激动人心的决定性时刻

12 月 16 日
作业 22： 第一次测试

特薇格的设计草案大都不可能实现，这完全不奇怪。可她坚持要想出更多的花样，并且要一一进行测试。昨天放学后，达里、特薇格和我在学校里待到很晚。我们把材料粘来粘去，进行各种组合，还打碎了一大堆鸡蛋，最后我们定下了六种方案。我觉得我们干得很不错。

"我不太确定这些方案到底能不能行。"达里说。我们正在给"斯麦格"做最后的加工，往超大号的棉花糖里胡乱塞一些小细枝。简单说，斯麦格就是一个裹在超大号棉花糖、小细枝和巧克力块中间的鸡蛋。特薇格的创作灵感来自一块大号"斯莫尔"[①]。我敢肯定，特薇格做如此构思时一定是饥肠辘辘。

"这些细枝老断！"达里抱怨道，一根小细枝刚刚折断。

特薇格瞪了他一眼，脸上又做出瞌睡猫的表情，好像是说达里的这句话是对她的人身攻击。于是，达里再也不评论了。

昨天晚上我们花了好几小时的时间才把这些鸡蛋保护装置做好，回家的时候已经很晚了。虽然今天是星期六，但我还是坚持

①美加地区流行的一种篝火派对小食品，将棉花糖烤焦后和巧克力一起夹在两片饼干当中食用。——译者注

让大伙儿一大早就到学校来。我们有个计划，说实在的，它让我很兴奋。

第一步：观察。距离高空坠蛋比赛只有一个月的时间了，算上假期还不足一个月。我们得抓紧时间测试一下鸡蛋保护装置。

第二步：问问题。我们什么时候才能从三楼的某个窗户往外扔鸡蛋保护装置，从而对我们的设计方案进行测试？

第三步：调查研究。过去几天里，米凯拉和少年女子排球队的其他队员一直在进行招人烦的"校园精神周"活动。我们由此知道这个星期六在源泉中学会举行排球赛。我从网上确认了她们的比赛时间。因为学校届时是开放的，所以我们可以很轻松地走进校园，继而悄悄地溜上三楼教室。[1]

第四步：假设。虽然我不抱奢望，但我肯定至少能有两种设计禁得起落地测试。比赛前我们也许得忍痛割爱，放弃其中的一种。

第五步：步骤

1. 特薇格星期五晚上到我家来睡。星期六早晨我们打着"观看比赛、展现校园精神"的旗号让爸爸开车送我们去学校。

2. 和达里在校园会合。等到比赛开始、所有人的注意力都

---

[1]我们本打算先征得尼雷先生的同意，星期一放学后用他的窗户做试验。可特薇格听了后摇摇头，用智者的口气说："与其做事之前请求许可，不如完事之后请求原谅。"听了这话，达里清了清嗓子，有些不自在。为了预防万一，我们最后还是决定实施"星期六计划"。

被吸引到排球场上以后再行动。假装上厕所，趁机离开餐厅暨体育馆暨礼堂。[①]

3. 悄悄爬上三楼，进入尼雷先生的教室。

4. 把鸡蛋扔出窗外。

5. 悄悄下楼检查结果，看哪个装置里的鸡蛋得以幸免。

6. 收拾残局，在比赛结束前逃离，做到神不知鬼不觉。

要是几个月前有人跟我说，我会在星期六早上八点到学校去，我听了之后一定会哈哈大笑，称他们在开"尼雷先生级"的荒唐玩笑。可是今年，所有事情都和我想的不一样。

穿着红蓝色（源泉中学的官方颜色）衣服的父母带着他们的孩子鱼贯进入位于一楼的体育馆，特薇格和我也一块加入了他们的队伍。为了融入人群，特薇格和我都穿上了红蓝相间的毛衣。当然，特薇格的"融入"照例做过了头，为的是在人群中凸显她的存在。她一只手戴着红手套，另一只手戴着蓝手套；一边的腮帮子上写着"加油"，另一边的腮帮子上写着"小熊猫"，以示对我们球队吉祥物的支持。[②]然而，"小熊猫"这个词有点长，她不得不把最后三个字母写在了下巴上。

总之，我们的"学校精神"伪装呈现得并不完美。

[①] 三合一。

[②] 严格来说，我们都是"源泉中学之狐"，只是吉祥物的服装看上去十分像只小熊猫。对此，大多数人只是耸耸肩而已，但特薇格绝对要让它昭然若揭。

计 划

我们跟着人群走进校园，并刻意落在最后，为的是不让别人注意到我们。我的心怦怦直跳。我对自己说，这个计划一定能实现，一切都会顺利平安。我稍稍挪了挪肩上的背包，重新感受了一下鸡蛋及其"盔甲"的重量。我怕弄碎鸡蛋，动作幅度尽可能地小。

就在这时，一头黑色的卷发在我面前闪过。我立马认出这个人是谁——米凯拉的妈妈。陡然间，我觉得自己慌了神。她要是看见我一定会走过来跟我说话。她会假惺惺地向我示好，甚至还有可能邀请我们紧挨着她坐。要真是那样的话，我就被困在这排球赛当中了，我得和这个解雇了我妈妈的女人坐在一起。我们的计划全都要泡汤。

"往那边走。"我指着女厕所的方向在特薇格的耳边低语。

"可……"特薇格刚张开嘴，我就已经溜出了队伍，再差一步我们就进了体育馆。

我跑到墙角，把特薇格也一把拽了过去，两个人一起躲开众人的视线。我觉得离开队伍时没被任何人看到。

"你这是为什么？"特薇格问。

"我刚刚……"我没说完，要解释清楚这份恐惧就得把一切从头到尾讲一遍。

特薇格没再追问下去。"达里在那儿站着呢。"她小声说，她正伸着脑袋往墙角那边看。

我也伸长了脖子去看。只见达里正站在走廊的中央，在人群中踮着脚尖左顾右盼。他的手不停地摆弄着 T 恤衫的下摆（不是红蓝色的），脸上的紧张表情分明在说：我马上就要做违反校规的事了。

"是不是应该去叫他过来？"特薇格问。

"也许得等到比赛开始……"我话还没说完，特薇格就已经跑开了。

她抓住他的手腕，一直把他拖到了墙角。有几个人好奇地看了他们几眼，但随即便走进了体育馆。

"你觉得有人看到我们了吗？"特薇格大声"耳语"。她的头发因为体内流淌着的看不见的电流而炸开了。"也许没有，对不对？我们刚才蹑手蹑脚的，简直就像是秘密间谍。"

"你说的没错，特薇格。"我表示肯定。

达里看上去非常紧张，而特薇格又是如此自信，我忍不住大笑起来。这两个人如此不同。

特薇格也咧着嘴冲我笑。

这时，体育馆响起了电子蜂鸣器的声音，人群一下子安静了下来。我们听到球鞋摩擦地板的吱吱声，这意味着比赛开始了。

"准备好了吗？"我说。

她和他点点头，于是我率先走进了楼梯间。我们蹑手蹑脚地踩着楼梯，心怦怦直跳。到了二楼，我们偷偷地往走廊里张望，看有没有老师或成群结队的保安。结果当然是没有，这毕竟只是一场少年排球赛。

到了三楼后，特薇格跑到前头去望风，我和达里殿后。她一路翻着跟斗，画着之字形蹿来蹿去，像是在躲避激光束。对于特薇格来说，这一切都是游戏，是一个活了的战术棋盘。我矛盾至极，既想让她严肃点，又想一并加入。

特薇格在走廊那头说："你觉得有人知道我们在这儿吗？"她的声音在走廊里回荡。

达里忍着笑，举起一根手指示意她安静。看得出，他和我一样纠结。

我们俩走到尼雷先生教室的门旁。达里刚要俯下身去拧把手，特薇格冷不防地伸出胳膊挡住了他。

"别留下指纹！"她压低嗓门说。接着，她用戴了手套的手抓住了门把。

然而，门并没有开。

特薇格咬起了嘴唇，朝我看过来。我用胳膊肘把她推到一边，根本不顾忌留下指纹与否。可是，门把还是拧不动。教室门是锁着的。这意味着一切都没有按计划来。

"我觉得我能把门踹开。"特薇格建议。

达里用手按了按她的肩膀。他的脸马上红了，赶紧把手拿了下来。"嗯，别，别踹。"他摇了摇头，"我早就应该想到教室门是锁着的。我没考虑到这一点。"他说这话的样子就好像是他一个人在赤手空拳地谋划此事。

"我们恐怕得等到星期一了。"他只点了一下头，好像这事已成定局，没有必要再考虑了。

其实，我大脑符合逻辑、尊重科学的一面是和达里想的一样。我们当然可以等到星期一。尼雷先生当然会允许我们放学后用他教室的窗户进行测试。

可话又说回来，我们今天拿着鸡蛋保护装置跑到三楼来，事情并不像我们想的那么顺利。那到了星期一，人们也许并不允许我们往下扔鸡蛋保护装置。那样的话我们就没法完成测试了。

那样的话，我们就赢不了比赛，就……

特薇格看到了我犹豫的神情。她摇摇头，说："不行，我们不能等到星期一。我想起来了，还有个办法。"

她领着我们穿过走廊，自己先行进了女厕。"快呀！"看到我们没跟上来，她重又把头探出了女厕。

我扫了一眼达里。

"嗯……"他说。

特薇格翻了翻眼珠子："哎呀，进来吧，里头没人。"

"可是……"

"你瞧！"特薇格转过身去，对着厕所喊道："哈啰！哈啰！里面有人吗？"

"特薇格，"我嘘她，"小点声。"

达里仍在犹豫。特薇格双臂一摊，气急败坏："别那么胆小好不好！"

于是我们俩跟着她进了女厕所。达里的脸红得发黑，视线一直就没离开过地面。

"很好！"特薇格说。她走到洗脸池边的那扇窗户旁，踮起脚尖把它推开。比起教室的窗户来，这扇窗户既高也小，不过我们也还是可以从这里把鸡蛋保护装置扔出去的。

我也踮起脚去看窗外的情况。"嗯，可以。"我说。我感到一阵欣慰。

"嗯，伙计们，"达里说话了，"这只不过是一个普通的厕所。"

特薇格眯起眼睛看着他，就好像他有什么严重的毛病似的。

是啊，他本应是我们当中最聪明的一个。"没错，达里，"特薇格的语速很慢，"你说的没错。"

"哦，不，我是说……"他清了清嗓子，环顾了一下四周，低下头，又环顾了一下四周，好像欲罢不能。"你们女厕所没有沙发。"

我惊讶地眨起了眼："你们男厕所有沙发？"

"不，男厕所没有。只是所有人都说女厕所里……"

我们目不转睛地看着他。

"不说这事了。"他说。

接下来是几秒钟令所有人都觉得尴尬的沉默。

"那好吧。"我说。我卸下背包，小心地拿出每一个鸡蛋保护装置。谢天谢地，它们都还完好无损。"我们把六个鸡蛋保护装置全都扔下去。很显然，如果能用尼雷先生的窗户效果会更好。因为我们可以把鸡蛋保护装置一字排开，现在我们只能一个接一个地往下扔了。不过我想这也没太大关系。"

这时，达里又清了清嗓子。特薇格叹了口气，既气恼又好笑："你又怎么啦，达里？"

我从未见过他如此局促。他又开始拽衣服边了，感觉像是要把自己拽到地缝里去。我突然意识到，这时候如果有人进来把我

123

们仨全抓住，麻烦最大的会是他。

"达里，"我说，"你要是愿意的话，可以去楼下守在鸡蛋保护装置降落的地方。"

他的整个身子都松弛了下来："真的？"

"真的，这样其实更好。你可以把落下去的鸡蛋收拾起来，为下一个鸡蛋保护装置腾出地方。"

他思索的同时脚步已经在往门口移动了："这个安排太好了，只是我很不情愿留下你们在这里冒险。"

特薇格介入了。她从背包里抽出一包厨房纸巾和一只塑料袋递给达里，对他说："没关系的，达里，你去负责清洁。要知道，那也是项非常危险的工作。因为，要是有人抓到了你，你面对一堆烂鸡蛋是很难做出解释的。"

我没想过这个问题，现在觉得这种事情真有可能发生。可达里却点了点头。他拿过清洁用品，一句话不说跑出了女厕。

在等待达里就位的过程当中，特薇格和我把鸡蛋保护装置从保护层里拿出来，一一摆上窗台。它们并排坐在那里，等待着命运的安排。

老实说，这些鸡蛋保护装置看起来有点傻。我不确定这几个鸡蛋能否躲过这一劫。然而，我不愿多想。我把所有的疑虑都从脑子里抹掉。等到达里做好准备之后，我首先拿起了斯麦格，那个以斯莫尔为主题的鸡蛋保护装置。这时，保护装置里的巧克力和棉花糖已经略微有些融化，粘了我一手。

特薇格扬起眉毛，说："这是第一扔。我们要不要发表一个演说？"

我哈哈大笑，没有回答她的问题。我不想小题大做，也不想过多考虑这件事的意义。我只想把鸡蛋保护装置赶紧扔下去，看哪几只鸡蛋还没碎，然后接着过我的安稳日子。

"坚强点，斯麦格！"特薇格已经说起来了。"好好飞！"

我把保护装置伸出窗外："准备好了吗？"

特薇格咧着嘴笑："准备好了。"

楼下的达里往后退了几步，向上竖了个大拇指。我扔下了斯麦格。

我和特薇格看不见鸡蛋到底碎了没有，只是看到达里把它扫到一旁，准备迎接另一个新鸡蛋保护装置。我们站在这高高的楼顶，看那鸡蛋只是一个小点，也不知是怎样的结果。这种感觉很怪，我觉得一切皆有可能。

"真是太棒了！"特薇格对着我的后背就是一掌。

我的手有些哆嗦，只好把手插进口袋，让特薇格去拿第二个鸡蛋保护装置。这个蛋浑身粘满了棉花球，被我们称作"棉球天堂"。

"达里又开始作怪了。"她说。她一边往外看，一边把鸡蛋保护装置伸出窗外准备往下扔。

我趴在她身旁往下看达里，只见后者正对着我们疯狂地挥舞双臂。

特薇格叹了口气，摇了摇头，好像是说"这又是达里的一个怪癖"。"准备好了吗？"她问我。

"等等，特薇格。"我继续向下看着达里。这时的他正慌张地跑来跑去。"我觉得好像有问……"

我话还没说完，就听见楼下传来蜂鸣器的声响，接着是前门打开的声音，还有家长们的交谈声。

我惊恐地转向特薇格："比赛结束了！大家全都在往外走。"

"这么快？！"特薇格也盯着我看。她的胳膊还悬在窗外，手指头还紧抓着"棉球天堂"。

"没关系，没关系。"我其实是在安慰自己，"他们全都会从前门出。没人会绕到学校后面走。我们只需要跑下去，收拾一下残局，在没人注意的时候离开学校就行了。"

特薇格点点头："对，行，我们走吧。"

接着，她没有任何征兆地一挥胳膊，把窗台上的所有鸡蛋保护装置都推出了窗外。

我目瞪口呆地看着我这位冒冒失失、不合逻辑的最好的朋友。在过去几年当中她的确做过一些不可理喻的事，可今天的这个举动让她的不可思议性又上升到一个新的高度。"特薇格……你干吗要这么做？"

她大睁着眼，摇摇头："我必须把证据毁掉！"

"你没把证据毁掉，你只是把证据溅得到处都是！"

"我只是……我也不知为什么要这样做！我……可能是吓坏了！"

我没时间和她说理，抓起她的手腕，一起跑出了厕所。

"任务取消！取消！"特薇格在我们咚咚咚下楼的时候狂喊，我赶紧让她闭嘴。我们冲出后门，去和达里会合。

"噢，糟糕！"看到达里，特薇格叫了一声。

"棉球天堂"砸中了他的脑袋，蛋清和蛋黄正顺着他的面颊往下淌，他的发际线的下方开始出现一条红印。

"所有的鸡蛋都打破了。"达里举着破蛋对我们说。他刚刚把保护装置胡乱地塞进塑料袋，现在蛋黄正从袋子底部的一个破洞往外流。

特薇格和我不知说什么好。我们只是站在那儿，看着他头发里的碎蛋和棉花团。

我们得赶紧逃离犯罪现场了，可不慰问一下显而易见的受伤者实在说不过去。"你没事吧？"我问。我从他的手里接过脏兮兮的塑料袋。

特薇格也开始在他的头发里捡蛋壳："我击中了你的脑袋！而且是用一个鸡蛋！"

刚一被特薇格碰到，达里的脸就变得和额头上的红印一般红。他清了清嗓子："嗯……"声音有些不自然。他又清了清嗓子，"嗯，好消息是有几个鸡蛋的状况还不错，比预计的好得多。你们要是允许我再做一些调整，我相信其中的一两个保护装置肯定能行。我们的设计方案也许并不是天马行空。"

他鼓足勇气看了一眼特薇格，后者还在忙着清理他的头发："哦，我这么说没有冒犯你的意思。"

特薇格往后退了几步，耸了耸肩，好像清理头发这件事并不令人尴尬，而天马行空这个评价也并不是对她无限创意的诋毁。"好吧，任务分析师，我们就按照你说的试试。"

我刚想让自己紧张的神经松弛下来，因为我心里觉得安全了些，后门却在这时打开了，少年女子排球队的队员们奔涌而出。

米凯拉和我同时对上了眼。我赶紧把目光移开，在这一刹那我看见她转向珍妮，对她说了些什么。

"嗯，我们走吧。"我对特薇格和达里说，她和他的身上全都沾着蛋黄。

他们刚抬起头，就看见米凯拉向我们这边走来。特薇格立刻对她伸出了下巴，我的这位最好的朋友生气的时候总爱这样。达里则吓得睁大了眼，好像米凯拉会向老师告状，让我们三个惹上麻烦。

她不可能知道我们刚刚去了三楼的女厕所，至少她没办法证明这一点。不过，在那一刻，我还是从她的眼睛里看到了我们对自己的评价：一场失败的测试，混乱不堪、无可救药。

米凯拉来到我们面前，双手抱在胸前，说："你们在干吗？"

她是我们班里个头最高的女孩。此刻，她低头看着我们，就好像她是主宰世界的女王，而我们都是她行为不端的子民。

"你管不着！"特薇格说。

虽然我和米凯拉过去是好友这件事看起来挺怪，但特薇格和她曾经也是好友，这就更奇怪了。她俩简直就是两个极端，就像两块互相排斥的磁铁。①

"我们正在做功课，是学校作业。"我说。严格说来，我的

_____

①你瞧，我上科学课的时候确实是注意听讲的，这就是证据。

129

这句话并非谎言，但不知怎的，米凯拉总是让我紧张。我的心又开始怦怦乱跳了，我真恨自己没出息。

她看着我，好像要对我说点什么，也许是几句刻薄话，但珍妮这时跑了过来。

"怎么啦？"她很困惑。我突然意识到，我实际上对珍妮了解甚少，只知道她是米凯拉的朋友，而且会打排球。

"没事。"米凯拉说。她意犹未尽地看着我，补充了一句："爱干吗干吗。"说完便转身和珍妮大摇大摆一同离去。

"这跟她有什么关系？"特薇格气哼哼地说。

达里抬起一只手，似乎想安慰她，结果又把它塞进了自己的口袋。"对不起。"他咕哝了一声。

此时，我们全都因为撞见了米凯拉而心烦意乱，可达里要是再为自己的脑袋被鸡蛋砸了而向别人道歉那可真是彻底疯了。"这不是你的错。"我说。这难道不是明摆着的吗？

"我不是为鸡蛋的事道歉。"他说，"我是觉得我应该跟你们一起坚守在楼上。我优柔寡断地跑到这里来，浪费了这么多时间。我真不该离开团队。"

真搞不懂他干吗要大惊小怪。对于他来说，到楼下来是合理的选择。这时，特薇格用一只胳膊搂住了他的肩膀，就像电视上演的父亲形象，说："别担心，达里。"

达里低下了头，他不想让我们看到他脸上的表情。尽管如此，我还是看到了他那傻呵呵的笑容。即便满身鸡蛋，站在特薇格身旁的他依然难掩心中的快乐。

对此，特薇格当然毫无意识。"下次再闯女厕所，你一定要待在我们身边。"

我真心希望她只是在打比方，不是真的让他不离我们左右。可是，这话从特薇格嘴里说出，难辨真假。

达里哈哈大笑，笑声中透着局促与不安。

"谢谢你们！"我脱口而出。我已经不再去想米凯拉和这场失败的测试了。眼前的这两位身沾蛋黄却勇往直前的伙伴令我感动。"我是想……谢谢你们成为鸡蛋团队的一员。"

达里笑了。他抹去头上的蛋黄，伸出手来，手心朝下，说："加油，鸡蛋团队！"

我盯着他，一开始还不明所以，但特薇格懂了。她把自己的手压在他的手上，看着我说："来，娜塔莉！"

于是我也把手放了上去。我们的手全都沾着蛋黄，特薇格的手除了蛋黄之外还沾上了亮粉，我不记得哪个保护装置里需要这种东西。[①]

_____

①特薇格总是这样，无论做什么项目都要加上点"惊喜亮粉"。她觉得这样做特别有趣，可任何一个上过二年级的人都知道，亮粉可不是闹着玩的，它洗不掉。

达里从三开始倒数，我们齐声喊："鸡蛋团队！"

我们的行为很傻很尴尬。我心里暗暗祈祷，米凯拉快走远一点，不要听到我们的吼叫。实际上，她听不听得到真是一点关系也没有。因为，我有眼前的这两位朋友，我们是一个团队。在那一刻，我意识到，我们大有希望。

12 月 18 日
作业 23：尼雷先生的雪假

上个星期，我和特薇格还有达里几乎每天都在学校里待到很晚，共同探讨高空坠蛋问题，只有星期三除外。很遗憾，星期三已经正式成为"多丽丝日"。

达里根据特薇格天马行空的构想开始设计新的草案和装置，我们计划在这个周末对其中的两个最佳设计进行测试。

我本来打算在今天的科学课上把所有时间都用来勾画新的设计或者是憧憬我和妈妈的旅行，殊不知尼雷先生给了我们一个惊喜。

因为距离寒假只有一个星期，而且今天下了本年度第一场雪，他决定做史上最酷老师，居然让我们不上课而到外面去玩。

我们本来是要在今天结束磁铁和电流单元的学习，可源源不断地学了近一个月的磁铁知识之后，也实在没有什么可再学的了。在让我们彻底放飞之前，为了保证一切都还在"教育"的范畴内，尼雷老师又花了二十分钟的时间给我们讲了有关雪的科学知识，诸如温度降低、水结冰、冰雹、雪花，等等。

外面的温度显然很低，我们全都穿上了厚外套，戴上了围巾，把自己裹得里三层外三层。米凯拉又开始没完没了地抱怨，说她一定会长冻疮。于是尼雷先生说，不想出去的人可以待在教室里做有趣的科学作业。他真的不是把这个事情当作是惩罚，他真的是觉得这些作业很有趣。

于是，在星期一下午的最后一节课上，整个七年级科学课上的学生都聚集在教学楼后面的操场上。起初大家都不知道该做些什么，因为我们并不全都是朋友，而且我们也不是二年级的小孩，不会一上来就猛跑、玩捉人游戏。况且，尼雷先生还站在那里看着我们，这更让人觉得不好意思。

这时，汤姆·K扔出了一个雪球——他本来就是个调皮孩子。①雪球飞得很快，正中尼克·海纳的脸。我们全都屏住了呼吸，因为尼克遇到这种事情通常会痛哭流涕，也不知道他到底长大了没有。

没想到尼克大笑起来。他也扔出了一个雪球，击中了乔治。于是，所有人就都开始扔起了雪球，连米凯拉和珍妮也不例外。不过，她们俩很快就到旁边的椅子上坐下观战，她们不喜欢打打闹闹。

特薇格把我一把抱住摔倒在雪地上。我挣扎着想站起来，但

①顺便说一句，去年就是汤姆·K燃爆了"猩猩战"。

她死死地压在我身上，我只好投降："认输！认输！"特薇格从我身上翻下来，仰面朝天，在枪林弹雨中自顾自地画起了"雪天使"。当然，我也跟着画了起来。今天真是美好的一天。过了这么多不美好的日子，现在要是不放声大笑的话，我想我一定会号啕大哭。我也不知道自己到底是怎么了，反正我笑起来了。我笑啊笑，笑啊笑，简直没办法停下来。

这时，达里抱着一大把雪跑了过来，他站到了我们俩的上方。

"不！"我尖叫一声，挣扎着想站起来。但是，我和特薇格还没来得及逃脱，达里就把雪撒到了我们的身上。

"达里，你这个蠢货！"特薇格喊道。信不信由你，她说这话的时候很亲切。达里的腮帮子冻得通红，可他笑得合不拢嘴。看到他这么快乐，我也感到很高兴。他终于不再是那个坐在教室外面做作业的达里了。

特薇格弯下腰去，抓起大把的雪扔向达里，她已经顾不上把雪捏成雪球了。乔治也对着达里扔了个雪球，它砸在达里的后脑勺上，但达里并不为之所动。此刻的他正一边看着特薇格一边乐呵呵、傻乎乎、紧张兮兮地大笑。突然间，他拔腿就跑，特薇格便跟在后头猛追。她一边踉踉跄跄着往前跑，一边还不忘从地上抓起大把的雪。

我忽然间觉得有些尴尬了，就好像她和他在开一种我所不能理解的玩笑。我不仅觉得手足无措，连整个身体都不知如何是好了，真的。于是我走过去站到了尼雷先生的身边。

"玩得开心吗，娜塔莉？"他问我。

我想跟他说，他身上穿的这件鼓鼓囊囊的白色棉衣和头上戴的黑帽子，让他看上去很像个雪人。当然，我没有说出口，因为他是我的老师。对他的问话，我只是点了点头，接着反问："您开心吗？"

他哈哈大笑，看我的眼神就像我刚刚说了什么让他吃惊的话。"开心，真的很开心。"之前有男生向他扔雪球，他也没进行还击。这大概因为他是个成年人，觉得没有必要这么做，要不就是他担心被家长投诉。

"谢谢您，尼雷先生。"我说。

这一回，我并非出于礼貌或无话可说，它完完全全是我的真心话。

12 月 19 日

作业 24：爸爸的任务

今天早晨爸爸很早就把我叫起来了。"快穿衣服。"他说。他咧着嘴笑，像傻了一样，"我们过一刻钟就走。"

我睡眼惺忪，咕哝了一声："好。"

"哦，对了，今天不用去上学了。"爸爸接着说。

这下我彻底清醒了，直挺挺地坐了起来，"你什么意思？"我问道。自从我为了多丽丝的事大发雷霆之后，我和爸爸还没正儿八经地说过话。我知道他正在给我一个精心包装的机会，来改善我们之间的关系。

可他只是说："来吧，快穿好衣服，我们去个有趣的地方。"

我扫了一眼手机之后就全明白了。[①]原来，继"尼雷先生的雪假"之后，我们迎来了一个真正意义上的雪假。而且，这种雪假极好。天气频道虽然预报会有一场很大的暴风雪，但实际上雪并不会下得很大，你还是可以干很多事情。

爸爸坐在车里等我，车窗因为开着暖气而雾气腾腾。可是，妈妈没有出现在副驾驶的位置上。到如今我其实不应该再为妈妈

---

①特薇格发来短信：雪假假假假假假，后接一堆雪花的表情符号。

的缺席而感到惊讶了，可事实是我每次都有一种出乎意料的感觉。我坐上副驾驶的位置，或者说我坐上她的位置，落座前还掸了掸皮椅，似乎想把她的幽灵掸去。

车子开动了。爸爸告诉我说今天要下大雪，我故意装出很吃惊的样子。有那么一瞬间，我很担心，以为爸爸又要带我去看心理医生了。截至目前，我已经成功躲过多丽丝医生的大部分治疗手段，可她绝对已经识破了我的伎俩。我不知道还能撑多久，谈论妈妈的状况恐怕不可避免了。

就在这时，我突然意识到，这不是通往多丽丝医生诊所的路。爸爸不是说了吗，我们是要去历险，是要去做开心的事。

"我们去哪儿？"我问。

爸爸脸上露出了"我要让你大吃一惊"的笑容。于是，我脑子里不由自主地列出了一张他可能要带我去的好玩地方的清单。[①]

"我们去采购圣诞节用品！"他说。

"噢。"我想掩盖住失望的神情，但没有成功。

爸爸注意到了，现在轮到他露出失望的神情了。虽然我们俩谁都不想让对方失望，但这趟出行终究还是让两个人都失望了。

"哎呀，会很好玩的。"爸爸说，"我们俩好久都没在一起做有意思的事了。"如果爸爸真想做有意思的事，那我可以给他

---

①按激动人心的程度排列：电影院，水族馆，植物园，六旗游乐场，迪士尼乐园。

列一大张建议清单。[①]如果外出办事都算有意思，那我们的生活也太悲催了。

然而，他看起来满怀希望。是的，既失望又满怀希望，他毕竟是在努力。于是我对他说："听起来是蛮好玩的。"

我决定让购物这件事不仅听起来好玩，实际上也很好玩。因为，你要是非常想让某件事成为现实，它可能真的就能实现。

现在离圣诞节还有差不多一个星期的时间，商场自然不是个好玩的去处。来购物的人似乎都和我们想的一样，觉得今天是一个可以充分利用的雪假。不过，既来之则安之，我们何不把自己想象成冲锋陷阵的战士。

"抓着我的手。"下车后爸爸对我说，他假装严肃地伸出手来。这可真让人难为情，但我还是拉住了他的手。我在心里暗暗祈祷，千万不要让同学或老师看到。不过，坦率地讲，我还是很喜欢这种感觉。我不记得上次拉着爸妈的手是什么时候了。虽然我们这么做只是为了冒冒傻气，但拉手的感觉的确很好。

到了商场中央，人群已是拥挤不堪。一群推着婴儿车的人把人海分成两半，我和爸爸的手也被分开了。"往前冲，爸爸，别管我！"我说。我向前伸出一只手去，另一只手则抓着前胸。

爸爸大笑，走过来给了我一个熊抱。从旁边经过的人都盯着

---

①见上一个脚注。

我们看，可我毫不在意。我太高兴了！接着，我们开始干正事，先是花了整整一小时的时间为奶奶买花哨的餐盘。

离开厨具店的时候，爸爸问我："你想给妈妈送什么圣诞礼物？"我觉得他本来想把这句话说得很随意，但话说出来之后效果并非如此。这不能怪他。以前，为妈妈选圣诞礼物是个难事，因为她什么都想要。现在同样困难，因为她什么都不喜欢。

"我不想送她东西。"这句话从我的嘴里脱口而出。

爸爸马上皱起了眉头，我感觉他又要变成那个作为心理治疗师的爸爸了。五、四、三……

"要不……"我赶紧接着说，爸爸的眼里重又燃起了希望，"我想我们可以给她再买盆植物。"

一个危机刚刚躲过，另一个危机接踵而来。爸爸的脸上又露出了那份满怀希望的微笑。"那好啊！"他说，就好像妈妈真的会在乎似的，就好像她还没把那些植物全都杀死似的。

我点点头，开始环顾左右，因为我觉得有些尴尬——我们正站在卡珀斯厨具店的外头，在人潮汹涌的商场中央，用眼神进行着心灵的交流。

"走，我们去花圃。"我说。

我在人群里推推搡搡，艰难地往花圃进发。之前，我和妈妈来过这里很多次，去花圃的路已经深深印刻在记忆中。尽管人多混乱，我却没有转身去看爸爸是否跟了上来。我又缩回了自己，像含羞草一样把自己关了起来。就在这时，我听到有人喊我的名字。我愣了一下，片刻之后才把这声音对上号。原来是……

"约翰！娜塔莉！"那声音又叫唤开了。我转过身，看见米凯拉的妈妈眼睛盯着我，正奋力穿过人群向我们这边走来。她穿着平时常穿的牛仔裤和扣领黑衬衫，棕色的卷发随意地披在肩上。看到这个熟悉的身影，我的心一下子敞开了。但我随即记起这个人对我们家造成的伤害，心又立马合拢。

仅仅是那一瞬间的欢乐似乎都是对妈妈的背叛。我把手攥成了拳头，指甲深深扎进了掌心。

随后我看见了跟在她身后的米凯拉。我可真走运啊，运气来了躲也躲不掉！我好像永远都摆脱不了米凯拉，永远都得让她活在我的记忆里。

"达娜！米凯拉！"爸爸招呼她们。遇见不是自己家的人，他的声调滑下去好几度。

"你好，约翰！"米凯拉撇着大人腔说。她没跟我打招呼，我也没理她。上星期在教学楼后面的尴尬局面似乎从未发生，无缘无故走过来跟我们搭腔的似乎不是她。

三个人开始寒暄人潮的汹涌、圣诞的准备、天气、学校，等等。他们的话语就像小雨点，虽然不大，却像在说："注意，大雨马上就到。"

果不其然，米凯拉的妈妈往前凑了凑，眉头揪在一起，对爸爸说："爱丽丝怎样了？"她说这话的时候就好像真的很关心似的，就好像这一切都不是她的错。"我们很想念她。"那一刻，我从未像恨她那样恨过任何人。我恨不得来购物的人群把她吞没，把她卷走，让她离我们家的人远远的。

爸爸犹豫了一下，没有马上作答。我知道自己无法容忍听到他说起妈妈的状况。特别是在这里，在米凯拉和她妈妈面前。

"我去花圃等你。"在爸爸犹豫的那一刹那我插了句话。之后，我没看他们当中的任何一个，也没等爸爸回答，径自转身离去。

我像个幽灵似的穿过人群，往花圃走去。也许没有太多人愿意在圣诞的时候买植物，所以花圃很安静，几乎没有顾客。我开始阅读植物身上附带的说明——这样做要比想事情来得舒服。不过，这是一种"伪阅读"：你的目光在动，大脑却并没有处理那些文字，只是将其囫囵吞下。

直到山茶花"高丽之火"的出现，我的大脑才开始反应。起初，附带说明上的前几句话也没有引起我的注意，但"整个冬天都开花，下雪天也不例外"这一句吸引了我。我接着往下读：这株耐寒的花卉几乎可以在任何环境下生存。

高丽之火，红色的小花普普通通，完全没有钴蓝兰花的惊人之美，但是选它作为妈妈的礼物似乎也还合适。目前我们还找不到神奇钴兰，但至少有了一枝能抵御严寒的花朵、一盆能活下来的植物。

爸爸来了以后，我们买下了这盆"高丽之火"。他读了一下花的名字，张开嘴之后又闭上了，就像是拿不准该说些什么。过了一会儿，他终于开口了："娜塔莉，也许我们得谈一谈……"

我打断了他："能不要现在谈吗？"

爸爸的嘴抿成了一条直线，但他点了点头。有时候他也会像这样不吱声，但我知道那是他在动用心理治疗师的小技巧，是在等着我开口讲真话。可是今天，他只能沉默，因为我已经把话题掐断了。

我们没再说话，也没再牵手，就这样回了家。

12 月 20 日

作业 25：观察（第二轮）

暴风雪今天真的来袭了，于是我们又放了一天雪假。不知怎的，爸爸还是让我去看多丽丝医生。即便是暴风雪都挡不住他追求精神健康的热情。

好了，不说他了。

我觉得尼雷先生已经用他的主题标签和实验将我彻底洗脑。因为在心理治疗的过程当中，我不停地想着科学方法。多丽丝医生在讲，我也努力在听（真的是在努力），但在头脑中，我把她变成了一项实验。

多丽丝医生说："今天我希望我们聊聊你的妈妈。"

我的头脑反应是这样的：注意观察！

• 多丽丝医生今天涂了亮红色的唇膏。

• 今天雪下得真大。我们开车来的时候，爸爸的雨刷器拼了命地工作。此刻，多丽丝医生办公室的窗户变成了一面白墙。

• 要是道路封了，我和爸爸被困在这儿了怎么办？

- 多丽丝医生问："娜塔莉，你在想什么？"

- 我的手拿起茶几上的一个弹簧圈，我看着弹簧圈前前后后地颤动，我的手好像都不属于我了。

- 这间办公室的植物该浇水了。

- 多丽丝医生又问了我一遍刚才提出的问题，这一次她小心翼翼地重新措辞。不好意思，我刚才忘了回答。

- 我说："没想什么。"

- 屋外狂风大作。

多丽丝医生很担心，因为她跟我说话的时候我的注意力不够集中。可实际情况是，我在努力回答我自己的科学问题：我能让多丽丝医生问我多少个问题？[①]很显然，这个试验的成功与否取决于能否让多丽丝医生开口讲话，所以我只能尽量少说。我觉得尼雷先生会为我感到骄傲，爸爸则不尽然。

"好吧。"多丽丝医生说。我们的治疗只进行了一半。她也许有些生气了，正试图掩盖其烦躁情绪。"要是还没做好准备，我们可以不谈你妈妈，谈什么都行。你在想什么呢，娜塔莉？"

这是第二十四个问题。我正忙着在脑子里的记数牌上为这个问题编号。这就是我在想的东西。

---

①到这时为止，总共问了二十三个。看来，这位女士也有她自己的科学问题。

145

不过，我暗暗考虑的是，爸爸如何跟米凯拉还有她妈妈讲述我妈妈的状况。我不知道他都说了些什么。我不想让别人知道我妈妈的状况，我觉得那样会损害妈妈的形象。我不想让妈妈的形象受损，特别是在曼泽家面前。也许妈妈的状况让我感到丢面子了，其实我并不想这样。

我想要做的是不去理会米凯拉，我要把她从我的生活里彻底赶走。可是，我又想起了我们小时候一起在实验室和植物园里玩耍的情景。妈妈们正在工作，我和她一起捡蕨类和小树枝做我们自己的"科学实验"。实验的结果总是一些神奇的"特效药"：打嗝特效药！家庭作业特效药！逃避就寝特效药！

当然，还有悲伤特效药！

我们的特效药总是灵光的，因为非灵光不可。我们有魔法，我们不可战胜，我们是科学家！

可现在的米凯拉变成了酷女孩儿，我却不是。她好像忘记了我们从前在一起的样子。在成长过程的某个节点，她变了，变得邪恶了。我猜曼泽太太一定也是邪恶的，否则她为什么要解雇我妈妈？

可笑的是，我的第一株钻蓝兰花竟然是米凯拉的妈妈送给我的。那时，她和妈妈一起在实验室里做研究。她们试图找到钻蓝兰花在钴和铝的环境中仍能存活的原因，希望把这种发现应用到其他植物甚至是植物以外的领域去。

那时我在上四年级，米凯拉刚刚和我断交。我每天跟在妈妈身后看她工作，还煞有介事地把头发夹起来，拿着作文本做笔记。

"真好看呀！"我对着防护玻璃后面的那株兰花赞叹。我在笔记本上做着记录：纸一般的叶子，看起来和其他兰花无异，但光照上去以后蓝得刺眼。我站在那里一边写一边希望自己也能有一盆这样的兰花。这时，米凯拉的妈妈像是看透了我的心思，她走进实验柜，从里面拿出了一粒花籽送给了我。

我本来以为妈妈会反对——她总是说兰花如何如何娇贵，如何如何稀少与珍贵，但她并没有提出异议。她只是对着米凯拉的妈妈笑，两人之间传递着某种我猜不透的暗语。于是，我和妈妈的花房里就有了那株美丽而神奇的钴蓝兰花。

"娜塔莉，这是属于你的神奇植物。"曼泽太太对我说，"好好研究它，看它是如何成长的。"

从此，我和妈妈一直呵护着这株兰花，直到我们不再拥有，直到妈妈任由它死去。

多丽丝医生又问了个问题。我点点头，虽然我并没有听清楚她问的是什么。在我的头脑里，我又记了一笔：第二十五个问题。

我重复着这个数字：二十五，二十五，二十五。因为我不想考虑其他问题，也不想忘记我的科学数据。你要是不重复这些答案，不牢记它们并且反复回顾，总有一天你会忘记的。那样的话，它们就失不再来了。

"好了，"多丽丝医生皱着眉说。她的眼里既有遗憾，也有希望，还有某种我说不出来的东西。"今天就到这儿吧。你回去之后能好好想想我说的话吗？"

我点了点头，心想：二十六。

回家路上，爸爸把收音机的音量调小，问我说："和多丽丝医生谈得好吗？"

他的声音听起来太过于若无其事，于是我也若无其事地回答："挺好的。"

在这场暴风雪中，我的声音就像是火花与阳光。

然而，他并没有上当。"娜塔莉，我知道你不喜欢心理治疗，可是我希望你能对多丽丝医生敞开心扉。"

他说"敞开心扉"的时候，我想象他正把我的胸膛剖开，我所有的内脏都暴露了出来，就像实验桌上的死青蛙。我不禁缩紧了身体。

爸爸转过头来关切地看着我。车窗外的世界已是白花花一片，他真应该把目光放到路面上。"现在的状况对你来说很不容易，对于我们所有人来说也都很不容易。"他的眼睛终于回归到路面，"可我觉得你应该把自己的心思表达出来，这一点很重要。"

我差点脱口而出：我觉得妈妈也应该敞开心扉，把她的心思表达出来。然而，我太熟悉爸爸脸上将会出现的那种欲哭无泪的表情。我不想再看到它，于是便说："我会努力，我向你保证。"我几乎百分百肯定我的这个许诺是发自内心的。因为，虽然我依旧很不情愿来看多丽丝医生，但我知道爸爸说得没错。我在内心深处也真的想"敞开"呢。

虽然我无法将这一切统统表达出来，但爸爸转过头来看着我，笑了。

12月23日
作业26：鸡蛋行动开始

尼雷先生是唯一一个在寒假期间还给我们布置作业的老师。不过，他的作业也仅仅是让我们接着思考如何用科学方法进行实验。通常，这意味着什么也不用做，但因为1月13日就要进行高空坠蛋比赛了，我和达里还有特薇格面临着艰巨的任务。我们的首席任务分析师（也就是达里）重新加工了特薇格的一些想法，今天我们准备测试其中的两种设计。之后，达里就要回印度过寒假了。

学校在寒假期间关门，所以我们得在家里完成测试。达里的爸爸妈妈想见见他的新朋友，也想了解一下他正在研究的课题，所以今天我们就在他家聚集。达里爸妈的想法虽然合情合理，但对于我和特薇格来说还是感觉有些不太习惯。因为只要是和学校的功课有关，爸爸是不会管我具体做什么的，而特薇格的爸爸妈妈根本就不管她。所以我有点忘了父母其实是要参与到孩子的教育中来的。

外面很冷，骑车去达里家不现实，于是爸爸开车把我和特薇格送了过去。他还决定全面担当起负责任的父母的义务，见一见卡普尔先生和卡普尔太太。我们到的时候，卡普尔夫妇到门口欢迎我们，而达里则躲在他们身后不出来。达里的爸妈是那种超爱对方的伴侣。说话的时候，卡普尔先生的手一直放在卡普尔太太的后背上。他做得极其自然，就好像没有意识到这一点似的。虽然我以前常为爸妈这么做而感到难为情，但现在我有点怀念这样的时刻了。

我又开始有那种焦躁不安的感觉了，于是我不再多想，而是把注意力放在大人们的交谈上。可是，他们谈的全都是无趣的东西，比如说学校和天气。我和特薇格于是便从他们身旁溜过，去和达里打招呼。

"好吧，再见了勇进，再见了卡普尔先生、卡普尔太太！"我们从大人们身边绕过去的时候特薇格如是说，"很抱歉我还不知道您两位的名字，但我很快就会知道的。"

达里的爸妈步调一致地皱起了眉，面露困惑。爸爸则只是叹了口气，看着我们消失在屋子里。

跨进客厅之后，特薇格一下子停了下来。"真是太棒了！"她看着眼前的一切感叹道。

的确很棒！几乎每一寸墙面都挂上了家庭照片和五彩缤纷的

图画——其中有人物肖像，有风景，还有动物。真叫个应有尽有、无所不有。

达里清了清喉咙。"嗯，我爸妈都爱画画。"他说，语气中有自豪也有尴尬。"我们一家人都是艺术家。他们一直在给我报名让我上各种艺术班……可我并不擅长。"他耸了耸肩。

看得出这些艺术班让他很烦。我突然意识到，达里的很多方面我其实并不了解。我虽然并不是故意的，但冥冥之中把他看成了老师一样的人物：只存在于学校和我们的高空坠蛋课题中。

自打认识了特薇格我还没结交过新朋友，也许我忘记了交朋友的感觉。

达里领着我们走出客厅。往楼上走的时候他转向我说："我不知道你爸爸是亚洲人。"我猜他也不知道关于我的很多事情。

"他有一半韩国血统。"我说。"我爷爷是意大利人，不过我从来没有见过他。"

"你从没提起过有韩国血统。"达里说。我被他说的感觉有点怪，好像做错了什么。

在达里的家中，你能感觉到他们很为自己是印度人而感到自豪。对此我本不该感到惊讶，但来了之后我还是感觉有些意外。不应感到惊讶的原因是，达里从来没有因为自己是印度人而感到羞愧。实际上，他在学校里经常说起他是从印度来的。他的妈妈穿纱丽，他们的厨房里散发着我从未尝过的食物的香气，他们家到处都是印度亲戚的照片，有达里的姑姨叔舅、表兄表弟，还有他的两个已经成年的哥哥。

我不知道该怎样描绘我的心境。看了达里家，再看看我们家，我感觉我的家人在继承韩国基因方面做得很不好。比方说我就做得很不好。老实说，我只是在奶奶来我们家或是被某人提到时才会想起我的体内还流淌着韩国人的血液。因为我只有四分之一的韩国血统，仅仅看长相，大多数人是识别不出这一点的。偶尔也会有人问我的种族，但我通常不予理睬。

直到这一刻，我才意识到以前的做法多么不妥。

达里带我们参观的最后一站是他的卧室。这里混合着印度风和美国风，宝莱坞明星的海报和美国棒球明星的海报比肩接踵。我当即决定，今后我的卧室也要布置得像他的一样，富有自己的特点。我对自己说，下次再见到奶奶的时候，一定要多问问韩国的事情。

"我们可以从这里扔鸡蛋保护装置。"达里说。我和特薇格走到窗户旁，伸出脑袋去看他在后院的布置。我们正下方的地面上铺了一块巨大的油布，旁边还摆了台摄像机。有了这东西，我们就可以把鸡蛋落地的镜头进行回放，从而进一步检视我们的保护装置。

"哇，达里！"我感叹道，"你可真牛！"说完这话，我觉得还没有表达透彻，于是又加了一句，"这句话是褒义。"

他笑了，领着我们下楼来到后院，急切地想向我们展示更多的成就。露天餐桌上已经摆上了我们今天测试所需的全部材料，还有根据特薇格的两个超级想法画出来的精细而逼真的草图。

特薇格拿起草图，哈哈大笑："我说达里，它们的脸呢？没有脸我们怎么知道鸡蛋的心情？"

达里看着我，好像是想让我告诉他特薇格究竟是不是在开玩笑。我很肯定，他最担心的是无意中惹恼了特薇格，"嗯，特薇格，你的想法确实很有个性，可是……"

"达里，我们很喜欢你的设计。"我在他还没有把局面搞得更为尴尬之前打断了他的话，"我觉得你的设计很有艺术感，一种有科学性的艺术感。"

达里的脸上绽开了花。他迅速低下头，抓起一个棉花球撕扯起来。我和特薇格也跟着效仿，开始为"棉球天堂"制作蓬松的白云。我们正切着小细枝和棉花糖，为进一步完善斯麦格做准备，卡普尔太太端着几杯热巧克力走了出来。

棉球天堂

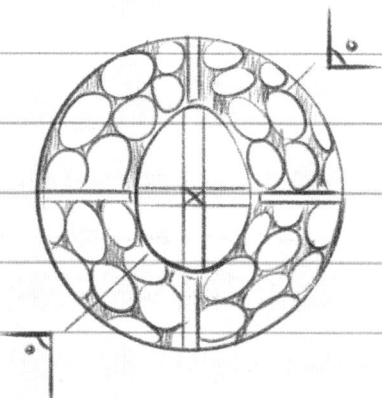

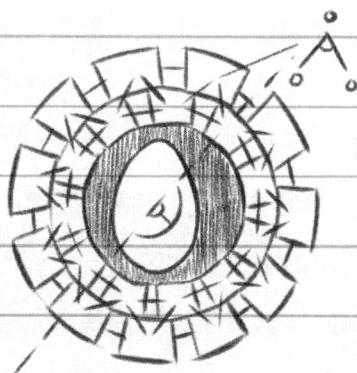

斯麦格

"你们不想进来玩一会儿吗？见到达里阿什的朋友我可真高兴。"她在我们旁边站了很久才转身回屋。

我想她看到我们大冷天的还要在室外工作一定感觉很心疼。可我们现在是有任务①的，不能停，连进屋喝杯热巧克力都不可以。我们围坐在达里的露天餐桌旁，手握着杯子取暖。特薇格在我们的制蛋材料中匆匆搜寻一番之后，把一块巨大的棉花糖扔进了杯子里。我和达里也如法炮制。卡普尔太太一直在厨房的窗户里往我们这边张望。看到她，达里不禁对着自己的杯子笑了。

"看到我终于有朋友了，妈妈简直高兴坏了。"他说。

特薇格尴尬地笑了几声。谁会承认没有朋友呢？

"前几年我们刚搬过来的时候，爸妈央求兰卡斯特小学的所有老师，让他们帮我找朋友。"达里说这话的时候就像在讲一个好玩的故事，根本谈不上难堪。

"实际上，"他接着往下说（实际上我衷心希望他能停下来），"这也是我参加这次高空坠蛋比赛的一个原因。尼雷先生说我可以找其他同学一同组队。当然，我还是太紧张，根本没去找，直到你们邀请我加入进来……"

我很想指出，是你不请自来的，可这么说实在是不合时宜。

他满怀希望地笑着。我趁机扫了一眼特薇格。通常这种尴尬

---

① 为了制作保护装置，我们还得把手套摘了。特薇格不停地喊，我的手指头都要冻掉啦！我和达里就没有抱怨。那天四十五华氏度，对于一个冬日来说不算冷。况且，所有的雪都化了。

时候，她总是最先搭腔的那个。可此时的她脸色绯红，正忙着扯一块棉花糖。

我清了清喉咙："嗯，很高兴你能加入进来。没有你，我们根本无法做成这件事。"

我环视了一下达里家的后院。他的布置精心细致，我说的其实完全正确。可这番真心话一旦说出口来多少还是有些难为情。

于是，在接下来的几分钟时间里，我们仨全都大声地喝着热巧克力，清着喉咙，四处张望而不忍对视。

我一喝完热巧克力就把杯子往旁边一推："都准备好了吗？现在来给斯麦格做最后的加工。"

话题变了，他们两人看起来都松了口气。特薇格举起手来，给我敬了个滑稽的礼。

我们装点完斯麦格，开始做高空坠蛋测试。

"棉球天堂"率先被扔了出去。

现实很残酷：它碎了。

整个过程相当快：降落，啪嗒，干脆利落。

鸡蛋保护装置摔碎以后，我们站到屋外，围着摄像机，看达里给我们放回放。我第一次感觉到了寒冷，不禁抱起了双臂。

我们注视着慢镜头下鸡蛋破裂的情景。当知道了结局以后再来看"棉球天堂"的落地开花，那种感觉相当不好。明知厄运来临却还要无奈等待。

"棉球不够厚，吸收不了鸡蛋落地时产生的强大冲击力。"达里按下暂停键，指着屏幕向我们解释有待改进的方方面面。"从理论上讲，我们可以再加一层棉花，从而增加棉花的密度。不过，让我们先来测试一下斯麦格吧，看它的表现如何。"

特薇格频频点头，好像在说：说得真好，接着说，接着说。我却没有在听。我紧盯着那个静止的画面，看着那个即将落地开花的鸡蛋。那时的它还没有摔碎，只是有一种摔碎的可能。

截至那时，高空坠蛋比赛还只是一个重要却遥远的事件。鸡蛋破了没多大关系，因为我们还有充足的时间去进行更多的测试。

可是今天，我的感觉却像是面对最后一次机会。要是两个鸡蛋都碎了……

"赶紧试试斯麦格吧。"我打断了自己的思绪。

达里从摄像机上抬起头，惊诧于我声音里突然出现的恐慌，而特薇格一如既往地乐于行动。

"遵命！"她一边说一边跑到餐桌边上拿起斯麦格。

我们带着最后的希望走进达里的卧室。特薇格将斯麦格伸出窗外，尽可能举得高高的。

　　"我想借此机会感谢每一位对我们和我们的鸡蛋寄予厚望的人。"她对着一群看不见的观众说，就好像刚刚赢得了某项大奖，而且还莫名其妙地加上了伪装的英国口音，"我保证，在我们成为高空坠蛋明星之后一定不会忘了那些小精灵。"

　　达里笑了；可我却对特薇格的表现产生了一丝厌烦，我反感她冒傻气，反感她不懂得轻重。开玩笑的时间已经结束，现在是异常严肃的时刻。

　　我伸出手来拦住了她。

　　"这个我来扔好吗？"我说，语气中有掩饰不住的严厉。

　　特薇格的眉毛皱到了一起，她刚刚注意到我情绪上的变化。她后退一步，把鸡蛋交给了我。"当然可以，队长。"我能感觉出她的语气中有一点点疑虑。

　　我屏住呼吸，松开了斯麦格……

　　坠落。

　　坠落。

　　坠落。

　　坠落。

　　底下传来斯麦格砸到车道上的声响——不是"啪嗒"。

　　我们仨面面相觑，简直不敢相信。

159

达里飞也似的冲下楼去。达里，我们沉着冷静、勤奋好学的达里，像医生冲向病人一样地往我们的鸡蛋奔去。

我和特薇格紧随其后，大气不敢出，静等着他的分析结果。只听他大喊一声："没破！"

特薇格迅即发出一声尖叫。她上蹿下跳，就像我们刚刚获得了奥运会高空坠蛋比赛的冠军。"我们成功了！"她大声喊道，"斯麦格赢了！斯麦格必胜！"

看到特薇格热情迸发，达里哈哈大笑，他带着既开心又惊讶的表情看着她，就好像从未见过有人如此激动。

我也在笑，也在欢呼，因为这正是我想要的结果。我是我们三个当中最应该感到高兴的那个。可不知怎的，这种欢乐的心情突然间变得复杂了。也许我们真的能赢，也许我和妈妈真的能去新墨西哥州，共同沐浴在蓝色花朵的神奇之中。那接下来的一切都会重新变好，对不对？要是不好……那可怎么办？

12 月 25 日

作业 27：破碎的圣诞节

今天早晨我很早就起来了。之后，我像往年过圣诞时一样跑进爸妈的卧室，去把他们摇醒。

他们看上去极度困乏。圣诞节让我高兴得忘乎所以，以至于根本没有意识到爸妈不仅是没睡醒，妈妈的状况还十分糟糕。爸爸对我说，十分钟，给他们十分钟，他们马上下楼。可足足二十分钟过后，只有爸爸一个人下了楼。我顿时明白了，妈妈是不会下来了。

"瞧，你有这么多的礼物，"爸爸指着圣诞树说，"干吗不把礼物打开？我们可以稍后再给妈妈看。"爸爸说这话的时候像往常一样，语气平缓而有节奏，就像一首旧时的华尔兹。但是，我从他的声音里听出了一丝愤怒。

老实说，我被吓到了。要知道，妈妈出状况的这段时间，爸爸从没有跟她发过火。他有难过、疲倦的时候，也许对我还有一点不满，但他从没有跟妈妈生过气。

"打开吧，娜塔莉。"他走过来坐到我身旁，"不觉得激动吗？今天可是圣诞节呀！"他的愤怒已经消失，但我无法忘记刚才听到的火气。

我摇摇头，转过身去。"不激动。"我说，我已经顾不上掩饰自己的愤怒了。

爸爸叹了口气，听起来如此苍老。以前我可从没觉得爸爸妈妈老过。他们顶多只是上了岁数，但绝非苍老。此时，我的愤怒不由得转向了爸爸。他是心理治疗师，帮助病人是他的天职，帮助妈妈是他的义务。如果他连这一点都做不到，那他还有什么用？

我不知道自己当时是怎么想的，反正我冲进厨房，抓起一盒鸡蛋，在爸爸还没来得及拦住我时，飞也似的跑进花房。我从纸盒里拿出鸡蛋，对着那些枯死的花草扔去。鸡蛋在我面前一个个爆裂，黏稠的蛋黄渗进了土中。那盆小巧的"高丽之火"正戴着一朵大大的快乐的圣诞蝴蝶结端坐在角落。我的鸡蛋也砸向了它，只不过没有砸中。

猛然间，我觉得自己已经没有力气再站在这里了。我扔掉手中的鸡蛋，任由它砸碎在脚边。我所有的力气似乎都从腿上渗到了土里。我坐到地上，对周边的蛋黄不管不顾。爸爸也坐过来了，他也不在乎地上的蛋黄。因为有加热灯的光照，花房的地面是暖和的，我们就这么坐着，一直坐着。

　　我等着爸爸用心理治疗师的口吻教训我，可他并没有这么做。于是，我把纸盒里的最后一个鸡蛋递给了他。他接过来，对着灯光举着，像盯一个异物似的看着它，神情怅惘。我在想，要是他也把鸡蛋给砸了，那可怎么办？你看我们俩，都在地上坐着，都在制造混乱，那谁来收拾这番残局？

　　爸爸把那个鸡蛋举了好久，最终还是放回了纸盒。

　　我想，放回去也许比砸了它还要糟糕。

12 月 25 日
作业 28：特薇格的笑声

当我听见爸爸在楼下打电话让什么人过来的时候，还以为他是在叫多丽丝医生。圣诞节的时候她还去病人家里出急诊？那人肯定不会是奶奶，今年圣诞她要在加利福尼亚和她男朋友基恩叔叔一起过。

我已经下定了决心：即便很想上厕所也绝不离开卧室，因为我不想见到多丽丝医生，我不想让心理医生给我上课。然而，当敲门声传来的时候，那人竟不是多丽丝。

不知怎的，圣诞节发生了奇迹！那人是特薇格！

"让我进去！"特薇格用拳头捶着房门，操着她特有的大嗓门喊道。

我全部的精气神儿都回来了。我从床上跳起来，拉开房门。只见特薇格穿着一件织有驯鹿图案的毛衣和一条印着小小圣诞树的牛仔裤站在门外。我一下子抱住她哭了起来。现在回想起来还有点难堪，可当时我已经不管不顾了。我只知道，今天是圣诞，而我最好的朋友此时正站在我的门外。

"你怎么来啦？你怎么不和家人过圣诞？"我控制住自己的情绪。

特薇格看着我泪流满面的样子，欲言又止。我从没见过她如此不知所措。不过，话说回来，她也没见过我哭。

她深深吸了口气，走到我床边，边跳上床边说："妈妈早上跟我在一起，但下午就去工作了。"她没提她爸。

曾几何时，我们无话不谈，哪怕所谈的只是些废话。然而，现在的情况已不像从前。我不太确定我们两个人当中是谁先封闭了起来。

特薇格有些不自然，双脚不停地敲打着床边，手指头则在被子上敲着鼓点，整个身体都充斥着紧张感。

我把默契给搞乱了。通常我应该在这个时候说些不相关的话，避免像现在这样，使得有关她爸爸的问题悬在我们之间，欲说还休，连空气都变得凝重了。于是，我坐到她身旁，问道："你给你爸爸打电话了吗？"

特薇格摇了摇头，咬住了嘴唇。好长时间我们俩谁也没吱声。之后，她说："他给我发短信了，说今天晚上会给我打电话。"

"嗯，他肯定会打的。"我撒了个谎。其实我并不了解特薇格的爸爸，但是我知道他经常让她失望。

特薇格耸了耸肩。这个下意识的动作意味着她对这件事很在意，但她假装不以为意。

她转换了话题："好了，我是来给你送圣诞礼物的。我原以为你爸爸一定很烦我，可当我打电话问他能不能来时，他高兴得快要哭了。"她看着我，等着我做出解释。看到我不准备回答时，她叹了口气，从口袋里掏出一个小盒子，说："打开吧。"

我接过盒子。它是用报纸裹着的，手法很粗糙。这意味着礼物是特薇格自己包的，她没让伊莲娜用她妈妈的闪亮箔纸替她做这件事。我其实知道盒子里装的是什么，她每年都送我同样的东西。果不其然，我从里面拿出了一个小小的玻璃雕像。特薇格和她妈妈每次去巴黎都会带回来这些玻璃做的小雕像。不知为何，她特别痴迷于这些小玩意儿，尽管这些易碎品看上去和她大大咧咧的性格格格不入。

今年，她送了我一只绿色的小青蛙。

"是为了纪念罗纳尔多。"她说。

我笑了，虽然心还在痛，但感觉轻松了很多。

"谢谢你。"我说。我把青蛙放在桌子上，拿起我准备送给她的礼物。这是我在旧货店里淘到的一副旧棋盘游戏——送她当然要送棋盘游戏。

我本以为她会马上打开，因为她接到礼物后通常会把包装纸一把扯掉。可这一次，她只是把礼物放在一边。她转过身来正对着我，盘腿坐在我的床上。

"娜塔莉，我想对你说……"她深吸了口气，"我知道有什么事让你起了心结。我不知道是我做了什么让你不高兴的事，还是你厌烦我了，或者你不想老玩棋盘游戏？要是你不想玩棋盘游戏，我们可以不玩。我是说，我可以自己玩，或者找伊莲娜一起玩，可是……"

"特薇格……"我试图打断她，可她一发不可收拾。

"我要是真的做了什么让你不开心的事，那我一定要跟你说声对不起。我知道我在达里家时惹你烦了，可斯麦格最终活了下来，是不是？所以你不会介意的，对不对？我知道你有心结。大家都觉得我大大咧咧的感觉不到，可我感觉得到，我就是觉得……"她用一双大眼睛盯着我，嘴巴一张一合，正努力寻找更多的字句来填补这沉默。

"特薇格，"我又说了一遍，"不是因为你。"

她说得又对又不对，我都搞不懂她是如何做到这一点的。我当然不会厌烦她，她是我最好的朋友。与此同时，我也的确只把她当成对周边的一切都毫不在意的特薇格。

"妈妈今天没有出房间。"我还没来得及说服自己保持沉默就已经让真相脱口而出了。

特薇格的眉毛皱成了一团,眼睛里满是同情。她说了声"噢"。

"今天是圣诞,可她没有出房间。"我又重复了一遍,不知是为她还是为我自己。

"娜塔莉。"特薇格的声音很低,直到这时我才意识到自己对她的评判是多么不公。实际情况是,特薇格什么都懂。

我要是再看她的脸,一定会哭起来。于是我躺到了床上,将脑袋枕在她的腿上。特薇格什么也没说,在我的背上玩起了"爬蜘蛛"的游戏。她对着我的脊柱又是挠又是捶,还在我的脑袋上敲碎了一个看不见的鸡蛋。这时,我们俩全都乐了,但旋即又严肃了起来。

"我把家里所有的鸡蛋都砸碎了。"我说。

"哎呀,"特薇格咕哝了一声,"本来可以用来做测试的。"

我听了之后哈哈大笑,这让我自己都感到意外。特薇格没再往下说,这意味着她让我继续说。这时,我的话全都堵在了嗓子眼,我强迫自己张开了嘴。

"我妈抑郁了。"我说。"抑郁"这个词从我嘴里蹦出来时感觉很滑稽。以前我从没说过这个词,现在说出来以后,问题显得非常简单。

特薇格的身体一下子僵住了，她好长时间都没找出合适的话。我担心自己把事情说得太过直白，以至于把她给吓着了。可是，片刻之后，她松弛了下来，对我说："所以你才那么伤心啊。"

直到这时我才意识到自己是多么伤心。听到特薇格这么一说，我心头似乎有样东西被啪的一下打开了，我哭了起来。

"对不起。"我说。我也不知道自己干吗要道歉。特薇格也没有说什么，只是在我脑袋上不停地砸着无形的鸡蛋，还用手指把无形的蛋黄抹在我头发上。

被特薇格安慰让我觉得怪怪的，因为她毕竟是特薇格呀。于是我坐起身来，一下子把她推倒在床上。"嘿！"她抗议了，但并没有坐起身。于是我也蜷缩着，在她身旁躺了下来。这一下感觉好多了，我们又变成了娜塔莉和特薇格。

"我本来想，"我接着说，"要是我们能赢，我就用奖金带妈妈坐飞机去新墨西哥州。到了那里，她就能看到那些花儿了……"我没说完，一方面怕自己哭，一方面也有点难为情。

"什么花？"特薇格问。

于是我跟她讲了钻蓝兰花，讲了科学和科学的神奇，还讲了米凯拉的妈妈和实验室，以及我和妈妈如何培育我们自己的兰花，到头来妈妈却让它白白死去的经过。我把压在心底的希望与梦想和盘托出：我想带妈妈去看花，我想用神奇的钻兰拯救她！

"我们一定能赢！"特薇格说。

"我们一定要赢！"她更大声地宣布。

我发出一声叹息，声音又响又长，听起来都不像我了。

特薇格一下子从床上坐起来，浑身充满了新的能量与决心。"不要对我叹气，娜塔莉，我们一定能赢。我们一定要赢得这场比赛，让你去新墨西哥州，采上一朵，不，采上二十朵蓝色小花。你可以把整个花房都种上它。"

"特薇格。"我小心翼翼地坐起身。在特薇格被某种想法左右的时候，接近她就像接近一头野熊。你得慢慢靠近，而且得用最轻柔、最舒心的话语。①"冷静，特薇格，冷静。我们也许能赢，也许不能赢。"这是爸爸常说的话，要掌控好自己的预期。"即便赢了，我妈妈也许不愿意去。她现在什么都不想做。"

我后悔说出这些话来。这些话就像是对我信心的背叛，我害怕它变成现实。

"她当然会去。"特薇格左右晃动着身体，新计划让她激动得坐立不安，"一旦你妈妈明白你是为了她而参加比赛，那她肯定会去。有时候你得放个大招才能赢得棋盘游戏的胜利。有时候

---

①至少我是这么想的。我从没参加过宿营，所以也从未接近过野熊。五年级的时候，我和特薇格一起参加了女童子军，时间不长，仅一个月而已。我过得极为无趣，特薇格也一直没有得到她想要的徽章。

你得让人知道你有多爱他们，那样的话，他们也会反过来爱你。娜塔莉，我们一定能赢！"

特薇格已经是非常激动了："即便她真的不想去，我们俩也可以自行前往。我们可以直接飞到新墨西哥州采狼花。"

"是兰花。"我纠正她。

"对，是兰花。"

"特薇格，"我说得很慢，语气里带着警告，"我们肯定不能那么做。"

"你说得对，我们不能。"特薇格眨了眨眼。

"特薇格，别想歪主意。"

"我知道。"她又眨了眨眼。

我笑了起来。"我是说真的，特薇格。"可我听起来并不像是说真的，我已经笑得不行了。

"鸡蛋行动其实是一项秘密行动！"特薇格大声喊道。她从床上跳下来，两眼鼓胀，头发蓬乱，兴奋得难以自已，"鸡蛋行动其实就是秘密的狼花行动！"

"不是狼花，是兰花，特薇格！"我笑得肚子都疼了，就好像你好久没吃某样东西，等你又开始吃的时候，胃部出现了痉挛。我此时的感觉就是这样。

"你笑成这样的时候可真逗。"特薇格说。她也跟着笑了起来。"活像一只蜗牛。"她侧躺在床上，蜷缩起身子模仿我，但根本不像是蜗牛。

她伸出小拇指，对我说："我向你保证，我们一定能赢。"

我说了声"好"，也伸出了自己的小拇指。这个时刻太美妙，我怎能古里古怪地扫她的兴，怎么能不做出我的承诺。

接下来，我做了一件匪夷所思的事。因为，这个想法突然钻进了我的大脑，从此挥之不去。我说："特薇格，我觉得达里喜欢上你了。"

特薇格一下子脸红了。她一个骨碌趴倒在床上，把脸藏在枕头里。"你觉得真是这样吗？"她的声音闷闷的。

我从没见过特薇格像现在这样。不过，谈点有意思的事情没有什么不好。"很明显啊。"我说。

她把脑袋从枕头上稍稍抬起一点看着我，说："我也给他准备了一份圣诞礼物，不过我拿不准该不该给他。"

我很惊讶，因为我压根儿就没想过要给达里送礼物。于是我尽量装出很镇定的样子。

"是只火烈鸟。"她补充说。

在经过了刚才的那番心迹表白之后，我似乎还处于"口无遮拦"的状态。我不假思索地评论："是因为他的腿很细？"

有那么片刻的工夫，特薇格被我问得瞠目结舌。接着，她仰面朝天，开始捧腹大笑。

我也跟着笑，因为那笑声的传染力实在太强。

特薇格要走了，因为她爸爸真的给她打电话了，她得回去和他好好聊聊。她看手机的样子就像是得到了世界上最好的圣诞礼物，我知道她已经是归心似箭了。

我把我送给她的礼物递给她，她使劲地拥抱了我一下。"记住我们的拉钩约定。"她在我耳旁说。

特薇格走后，爸爸进来了，他显得惴惴不安又满怀希望。我跑过去，紧紧抱住了他。"谢谢你，爸爸。"我对着他的胸口说。

我们就这么抱了好一会儿，他把我搂得喘不上气来。我一点都不介意。我也使劲地搂着他，久久不肯放手。

1月1日
作业 29：好运年糕

元旦那天我又起得很早，虽然没圣诞节那天起得早，但也足够早。

爸爸正在炉边煎鸡蛋，旁边放着一盒打开的鸡蛋，盒子里全是刚买的新鸡蛋，完完整整，没摔没破。

"元旦快乐呀！"他说。

我在餐桌旁坐下，他把煎好的鸡蛋盛在我和他面前的盘子里。之后，他挨着我坐下。

"吃鸡蛋有寓意吗？"我问。这是圣诞之后他第一次煎鸡蛋。"是心理疗法吗？"

他是不是想说，瞧，娜塔莉，你可以从摔碎的鸡蛋里得到如此这般的心理安慰！

可爸爸答道："寻常早餐而已。"

我决定信他的话，咬了一口"寻常早餐"，假装砸鸡蛋的事情从未发生。

"我注意到你给妈妈买的圣诞小花还在花房里放着。"爸爸用装出来的欢乐语气说，"你可以今天把花送给她嘛，作为新年礼物！"

我突然间觉得很不舒服，真的很不舒服，吃下去的鸡蛋在我的胃里翻江倒海。爸爸一定是注意到了，眼中流露出关切。

"过一阵子送比较好。"我说。爸爸张嘴想说点别的，我赶紧用想得出来的第一句话打断了他，"今年我想做奶奶拿手的韩式年糕。"

一句话就把爸爸降住。他放下叉子，清了清嗓子，却没有马上说话。

这当中有个故事，每年元旦妈妈都会做奶奶拿手的韩式年糕。元旦这天吃香糯的年糕已成为我们家的传统，它预示着好运、长寿以及诸如此类的吉祥寓意。不过，爸爸从来没有做过。

大约在五年前，妈妈发现日本人在过新年的时候有吃麻糬的习惯。她蹦跳着跑到爸爸身边，指着她正在读的烹饪书《外国美食》中的一页，对爸爸说："我们错过了这么多好运！人人都喜欢好运。我们应该跟你妈妈学做麻糬！"

"我妈是韩国人。"爸爸哈哈大笑，他被兴致勃勃的妈妈给逗乐了，"你搞错啦。"爸爸很愿意担当他的角色。他是他们两个人当中更为稳健的那个。每当妈妈这个飞行员制造乱象时，引导她安全着陆的总是爸爸。

可是，当妈妈给奶奶打电话提议做麻糬时，奶奶完全赞同。她说："好运就是好运。不过，我们做的是韩式麻糬，叫年糕。"

接着，奶奶给妈妈传来了做年糕的食谱，妈妈对它进行了一番美国化的改动之后启用。之后，每年做年糕的时候她都会给奶奶打电话，两人一起谈食材、谈用量、谈生活。

如果说我们家什么时候需要点好运，那肯定就是现在。斯麦格要想在比赛中获胜需要好运，我要实现梦想也需要好运。

今年妈妈要是对制造好运不感兴趣，那就让我来。

爸爸把餐盘推开，挤出一个微笑："你真的想做吗？我去跟奶奶要食谱。"

我要是点头，爸爸肯定也会附和，但我看得出他并不情愿。

最终我还是跟他说了我想做，因为我真的很想做。于是，他开车带我到亚洲超市去买了红小豆和芝麻油。我们还没正经开始就把糯米粉撒得到处都是，厨房里一片白。爸爸想出了一个主意，他要用视频通话向奶奶取经。奶奶这时又叫唤开了："我怎么让镜头看到我？"哎，奶奶辈的人与科技，你懂的。

我让他俩自行捣鼓手机，自己开始搅拌做年糕的面糊。我绷起肌肉，把面粉和糖水搅成一个甜甜的、有韧劲的幸运面团。等奶奶终于把她的手机弄好了之后，爸爸把镜头对准了我，让奶奶看我的表现。

"你数数了没有？"奶奶问，她的声音里有滋啦滋啦的静电声，"你得搅拌一百下，一百下是最吉利的。"

于是我搅拌了一百下，即便爸爸主动提出接手而我的双臂也已酸胀不已，我仍然不肯住手。

"艾普达，我漂亮的孙女。"奶奶说。这时，我想起了在达里家对自己做的承诺。

"奶奶。"我放下搅拌面碗，按摩着酸痛的胳膊。爸爸正举着手机，和奶奶说话时就像同时在和他说话，不过感觉稍有不同。"您听说过一种叫'高丽之火'的花吗？"

她有好几秒钟没有说话。我以为她没听见，殊不知这是手机的滞后。"花？高丽大火？"

"不，高丽之火，是一种花的名字。"我说。我抬头看了一眼爸爸，他的脸上露出了尴尬的表情，但我还是决定接着往下问。韩国文化是我基因的一部分，我希望有一个完整的自己。"它在雪地里还能开花。"我对奶奶说，"别的东西都生长不了的时候它还能活。"

奶奶点了点头："韩国人就是这样。我们在最艰苦的时候仍然勇往直前，就像当初我带你爸爸来美国的时候，就我们两个，一直奋斗，不停地奋斗。"

有那么片刻的工夫，我觉得自己变成了科学家，正在把关于我自己的点滴研究成果汇集起来进行分析。我看着屏幕上的奶奶，对她说："谢谢您，哈莫尼。"

接着，我又扫了一眼爸爸，我害怕看到他脸上的古怪表情。可是，当我们的目光交汇在一起的时候，我发现他并没有觉得难堪，他只是有点不解，就像第一次听说"哈莫尼"这个词。

做父母的可真奇怪。

我跟奶奶说完再见后接着去做年糕。爸爸加入了进来，和我一起做小巧的年糕丸子。末了，我们收获了一大盘胖乎乎、肉嘟嘟、粘满我们手指印的美食。虽然远没有妈妈做得好，但毕竟也是会带来好运。

豆沙馅用完了，还剩下些黏糊糊的糯米面皮。我把它拿过来，拉成一个细长条。我把长条压在爸爸的嘴唇上，给他做了个滑稽可笑、凹凸不平的粉色胡子。我大笑起来，爸爸看着我，又好笑又担心，似乎在想：女儿是不是有什么毛病？

最让我高兴的是，我们闹得正欢，妈妈下楼了。看到爸爸的"年糕胡子"，她一下子乐了，而爸爸也实打实地笑了起来。这一下，

"年糕胡子"掉了。

"你们两个在制作好运！"妈妈边说边往我们这边走来。她靠在台面上，双臂交叉放在胸前。

"这是娜塔莉的主意。"爸爸说。他既高兴又自豪，虽然我只是提了个建议，做的是我们每年都做的事情。

"我们做得不是太好。"我说。我感觉有点不自在，就好像如果年糕不成功，妈妈就会对我和爸爸感到失望一样。

妈妈从盘子里拿起一个年糕丸子咬了一口。

我的手指甲已经扎进了掌心。我紧张，我焦急，我担心，我怕它不够好吃，我怕它不能带来好运。

可妈妈笑了，虽然笑得还有些恍惚。她说："非常好！"

我试着去回忆妈妈之前的笑容，那是一种开朗的、无法自持的欢笑。妈妈笑的时候，上嘴唇微微上扬，还会露一些牙龈，而如今我已经看不到这样的笑容了。

但妈妈毕竟还是笑了，这就足够了，也许比足够还要让我高兴。我脑子里比较明智的那一部分告诉我说，对待好运不能揠苗助长。可我实在忍不住了，开始讲起做年糕的经过，我从擀面开始一直讲到视频通话。妈妈一直在听，关键之处还哈哈大笑（即便在我看来听得有些恍惚，笑得也有些恍惚）。那天，我们仨把所有的年糕都吃了，因为我们需要尽可能多的好运。

你知道吗？我想我们真的得到了好运。因为妈妈下楼了，我们也都很开心。现在，所有的好运都驻扎在我肚子里，紧实、饱满且美好。我想，有这些精华在身，我一定能赢得高空坠蛋比赛的胜利，一定可以。因为我有特薇格和达里，还有年糕带来的好运。

1月3日

作业30：敞开心扉

今天我又去看多丽丝医生了。虽然星期一才开学，但就我而言，假期已然正式结束。没法再玩了，又要开始心理治疗了！

不过，今天的治疗还真是不错。我不得不承认这一点，虽然这么说感觉有点奇怪。

我一开始就给多丽丝医生讲了我做年糕的壮举。我讲得很细，真的像爸爸叮嘱我的那样"打开心扉""表达自己"。我觉得这样做其实并不难，因为重复这个故事让我很开心。要是多丽丝医生还允许我接着讲的话，我会一遍遍讲个没完。

可是多丽丝医生还想让我说说圣诞节的事。起初我有点犹豫，因为我还处于"快乐一家人"的模式中，可多丽丝医生坚持让我说。"娜塔莉，跟我说说没关系。这里是安全地带。"

在此之前，我和多丽丝医生的每一次会面都充斥着沉默。"别吱声，娜塔莉！""别告诉她，娜塔莉！"我不断地对自己说。我屏住呼吸，数着多丽丝医生办公室里已经开始凋谢的花儿的花瓣，或者把目光投向窗外，看着飘洒的雪花，就是不说话。

我不想说，不想谈任何有实际意义的话题，可周围的沉默挤压着我，圣诞节那天发生的一切也在敲打着我的脑袋。虽然我知道这是心理医生的伎俩，但我实在是憋不住了。

于是，我向多丽丝医生诉说了那天发生的事。妈妈没有下楼，我摔了鸡蛋，等等。"我的礼物不怎么好，所以没有给她。"我在最后补充了一句。

"为什么说不怎么好？"她问。

我咬着嘴唇，意识到自己可能说错了话。"我不该给她买植物。妈妈是植物学家，而我不是。"我解释说，我不知道自己为什么要这么说。

多丽丝医生等着我继续说下去，可我停住了。"娜塔莉，你妈妈正在经历的状况不是你的错。"她说。她听起来不像是一个心理医生，而像是一个实话实说的好心阿姨。

"事情为什么不能好起来呢？"这个问题从我的嘴里冒了出来。我应该多花点时间从科学的角度好好分析一下这个问题。

"事情会好起来的，娜塔莉。"她听起来依旧是那个实话实说的好心阿姨。有那么一瞬间，我惊恐地发现自己很希望她能做我的妈妈。我随即就开始内疚，也许这就是妈妈不再爱我、不再为我努力的原因。因为我爱她爱得不够，因为我不足以让她为我努力。

在谈话结束之前，多丽丝让我讲一段和妈妈有关的最让我刻骨铭心的往事。我突然发现，我想讲的不止一段。因为我有一个好妈妈，我爱她，我从没有真的想过让任何人取代她。

最终，我讲了四年级时发生的一件事。那天，妈妈大中午的就把我从学校里接走了。那个星期，特薇格去了巴黎，米凯拉也早已不再和我一起吃午饭，我只好一个人吃独食。这种情况持续了一个星期，我哭了，跟妈妈诉说了我的孤单。听完我的话，妈妈给学校办公室打了个电话，说家里有急事。

起初我并没有意识到她在做什么。那天中午吃饭的时候，我被叫到了校长办公室。我在那里坐了二十分钟，心里七上八下的，不知道家里出了什么事。

妈妈到的时候，我已经慌作一团。她把我领进车里，对我说："我们去植物园。"

我以为她疯了。"家里不是还有急事吗？"我说，我以为她忘了，便提醒她家里还有紧急情况。

她哈哈大笑，摆了摆手，说："没什么急事。我觉得你应该休息一天，而且我也想我最亲爱的女儿了。"在我的记忆当中，那天的妈妈就是阳光，就是新鲜空气。

我们开车来到了植物园。每看到一棵植物，妈妈都会给我讲解有关它的知识。妈妈有一种本领，能把事情说得引人入胜，所以一路讲来这些植物一点也不枯燥。"这是柳树。"她摸着一棵又高又粗的大树的树干说，"女神之树。人们用它的树皮治病已经有很多年的历史了。现在人们用它来制造阿司匹林。"

路过草本植物区的时候，她跪在鼠尾草旁，摸着它银绿色的叶子说："这是最聪明的一种草本植物。"她冲我眨了眨眼，"吃了可以增强大脑功能。"

我们在绿叶、树木和鲜花间漫步，我不时举出我最喜欢的植物①，而不管我选的是哪种，她都夸我选得好。到了小路的尽头，我们一起坐在树林当中摆放着的一根大木头上。她把我拉到身边来倚着她，跟我讲了钴蓝兰花的故事。

她讲得像一个传奇、一则神话。"这是一种创造了奇迹的花朵。"她说，"它直面化学物质和毒素活了下来，把死亡变成了美丽。娜塔莉，那片神奇的田野，是世界上最幸福的土地。"

说起兰花，妈妈神采飞扬，我从未见过她如此活力四射。这是她第一次跟我讲她的研究，虽然我在她的书中读到过这方面的内容，但听她亲口说出，我才真正懂得那些字句的含义，也才真正懂得妈妈对科研的激情以及激情所产生的魔力。

---

①薰衣草、蹄盖蕨和香堇。

184

"想象一下我们可以从这种兰花里得到什么。"她说，"这种花面对有毒的化学物质仍能生长。要是我们能掌握它的这种治愈能力并且应用于人体细胞，那将不仅仅是一种奇迹。"

听着妈妈的话，钻蓝兰花在我的眼里越变越神奇，我甚至都不再去关心薰衣草和蹄盖蕨了。钻兰成为我最喜爱的花朵，而和妈妈去植物园的这天也成为我最怀念的时光。

两星期之后，米凯拉的妈妈给了我那粒花籽，我和妈妈精心种下了它。我们为它提供尽善尽美的生长环境，期盼它早日开花，吸走我们生命里的毒素，让我们健康成长。

我讲完这个故事之后，多丽丝医生笑了，她说："多么美好的回忆！"我也笑了，点点头，好像是说，嘻，不过是一段回忆而已。我尽力不让她看出这段回忆在我的心中激起了多么大的波澜，因为我不想给她任何"危险信号"①。然而，希望已在我的心中呼之欲出。

我一直在控制自己的预期。可时至今日，我觉得心中满是幸运。妈妈又开始笑了，我们差不多又回到了从前那种快乐家庭的完美状态。

这次高空坠蛋比赛，我也许真的能赢，我一定要赢。到那时，

---

① "危险信号"也许是世界上心理医生最爱用的术语。无论什么事都可以被他们看成是"危险信号"。这一点你们绝对可以相信我，我说得没错。

在熬过了那么久的黑暗之后，妈妈和我又将拥有一株属于我们自己的花儿。我们要让那份奇迹重新绽放。

1月8日

作业 31：运动中的物体

材料：

- 3 个垫圈
- 3 条细绳
- 剪刀
- 胶带

步骤：

1. 将细绳剪成不同的长度：长、中、短。

2. 用细绳的一头拴住垫圈，另一头用胶带固定在桌上。

3. 将垫圈抬至桌面的高度后放手，让其自由坠落。

4. 记录垫圈摆动的次数。

结果：

- 达里的细绳，长：摆动 16 次
- 特薇格的细绳，中：摆动 23 次
- 娜塔莉的细绳，短：

今天是寒假结束后返校的第一天，尼雷先生看起来是铁了心地要鼓舞我们的士气。①如果说先前我们觉得他喜欢死青蛙和磁铁已非寻常，今天则见识了他更高层次的怪异。一进教室我们就看见白板上写着"＃牛顿运动定律"②几个大字，音箱里播放着一首 YouTube 上的怪异歌曲——《运动中的物体》。连一向喜欢说奉承话的米凯拉都沉默不语了。

在教室的另一侧，特薇格伴着尼雷先生冒傻气的音乐奏起了假想中的摇滚吉他，达里也加入进来，弹起了空气钢琴（钢琴大概是达里能想到的最酷的乐器了）。所有人都盯着他俩看，特别是看达里，因为他平时最严肃。我真是又难为情又自豪，我拥有整个七年级最最怪异的两个朋友。

尼雷先生拍手应和，两位"音乐达人"的即兴表演让他高兴得眉开眼笑。音乐结束以后，他向我们介绍了今天的实验内容：垫圈单摆③。随后，达里、特薇格和我开始布置我们仨位于教室后部的实验桌。我们一边干活一边听达里讲他的印度之行。他讲着讲着就把自己的那个单摆做好了（他当然可以做到这一点），而我和特薇格唯有放弃手头的实验，一心无二用地听他讲两个哥哥是如何教他滑滑板的。④

达里说话的时候，我也开始想我的家人，也就是说想我的妈

---

①也就是增加我们的动能。

②要是艾萨克·牛顿得知他著名的运动定律变成了一个主题标签，你觉得他会吓一跳还是万分自豪？

③垫圈也许是世界上所有科学老师最喜欢的东西。

④滑滑板的故事听起来挺酷，可你要记得讲故事的人是达里。他把故事讲得很无趣，不但与科学挂钩，还大谈什么动量。

妈。我想到了几天后就要举行的高空坠蛋比赛和它的重要意义，想着想着就有点头晕。

"噢，对了，伙计们。"达里说。他看着我，好像知道我的心事，也许他刚刚注意到我有些心不在焉，"放假的时候我对斯麦格进行了一些改进。因为之前我们没有从规定的高度进行过测试，所以我对落地的角度进行了一些调整。"

"你真棒，达里！"特薇格说。她清了清嗓子，往我这边扫了一眼。我们的圣诞交谈之后，特薇格的表现总体正常，只是一提起比赛就紧张。

"你做了什么改进？"我问，我头晕的感觉加重了。

"也不是什么特别大的改动。"达里让我放心，"你甚至都不会注意到有什么不同，这些改进可以让鸡蛋更好地承受冲击力。"

"我们一定会赢的。"特薇格的语气听起来过于坚定，"达里知道该怎么做。"

达里看看她，又看看我，似乎想知道我们的话里是否还有其他的意味。好在这时尼雷先生救了我。他拍了拍手，对我们说："同学们，还剩下五分钟。"

达里吓了一跳，惊恐地看着我们尚未完成的单摆。我想他还不习惯于上课的时候分心。他加快了速度，我们三个人的单摆被他一个人全部搞定。

"我们干得不错啊！"特薇格说。她率先拎起自己的垫圈，松开了手。我们仨像被施了催眠术似的看着它摆来摆去。"二十三次。"特薇格在单摆停下来后宣布，我们全都低头记下这个数字。接下来是达里的单摆，总共摆了十六次。

为了证明我在今天课上学到了东西，现在让我给你讲一下单摆背后的科学原理：当一个物体处于运动状态时，如果它不能将动能传递给另一个物体，就会一直运动下去。根据这个物理定律，如果我们的单摆被放置于真空条件下，它将会无休止地摆动下去。

问题是地球上有重力，有空气，还有其他一些黏糊糊、让人捉摸不定的物质。它们会阻碍单摆的运动，最终让它停止下来。简单说，现实中的任何事物都不会像理论上说的那么完美。

我们还没来得及测试我的单摆，实验课就结束了。达里倒吸了一口凉气，他惊恐地说："等我回家了，我会把这个实验接着做完。"特薇格则说："我们可以编个结果。"

"真是对不起，伙计们！"我说。其实我也没觉得有什么值得内疚的。在特薇格和达里收拾完桌子回到自己的座位上时，我悄悄开始了自己的单摆实验。我的垫圈在最短的细绳上摆得很快，

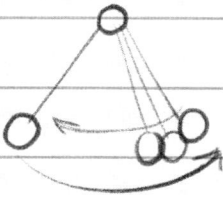

单摆实验

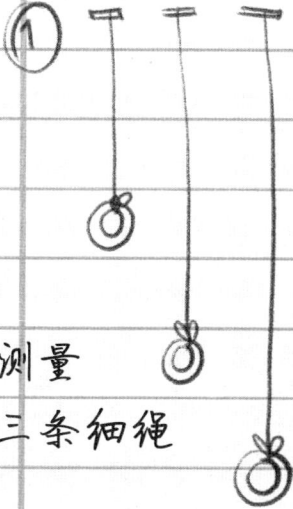

① 测量
三条细绳

②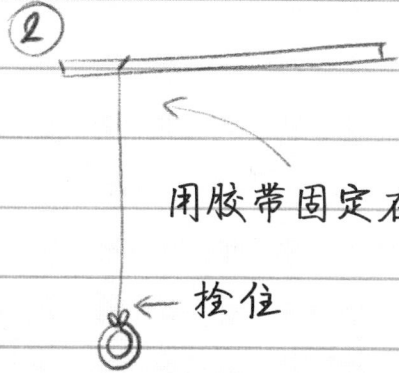

用胶带固定在桌上

← 捻住

③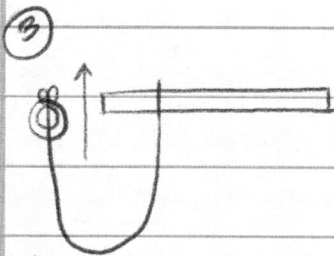

势能

屏住呼吸，一切皆有
可能的时刻。

④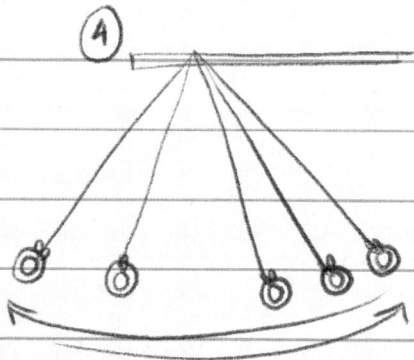

动能

运动的能量，
似乎无法停住的力量。

它看上去狂乱不已，好像不知道该往哪儿去。它在那儿摆啊摆啊摆，在它还没有变慢之前，我赶紧用手抓住了它。我不在乎还能不能记录下它的摆数，我只是不想看到它停下来。

第七步：结果

　　你的艰苦努力终于有了回报！收获果实的时间到了！记录下你的实验结果。

　　记住：科学的路上没有失败者；人生的路上也没有失败者。

1 月 13 日

作业 32：飞吧，我可爱的斯麦格！

高空坠蛋比赛的那天早晨，我趁爸爸忙着准备下午的工作，到他和妈妈的卧室外站了一会儿。

我差点走了进去，但最终还是止住了脚步。妈妈也没有走出来。

我比任何时候都清楚这次比赛的重要性，我们一定要赢。我想走进去跟她说，这是何等重要的一天。我想让她知道，我想让她感受到，可我就是不能驱动自己去拧那门把手。

爸爸从书房走了出来，看见我傻傻地站在他们卧室的门外。"娜塔莉。"他又准备化身心理治疗师给我做疏导。

我指了指墙上的挂钟，打断了他的话："要迟到了。"说完便到外面的车里去等他。

出发以后，我们先到特薇格家接上她。特薇格一坐上后座就对我们说："我们把他们全干掉。"

爸爸从后视镜里扫了她一眼，也许在纠结要不要对她的言语提出批评。特薇格往前靠了靠，紧挨着副驾驶的后背，呼出的气儿挠得我耳朵发痒。

"我向你保证，"她压着嗓门说，"我们一定能赢。我有预感。"

虽然我一直在控制着自己的预期，但听她这么一说，心里还是忍不住地兴奋。我们真的能赢，我也有同样的预感。好运似乎就在我们周围的空气里。

终于到了比赛地点，我本以为比赛会在某个酒店的宴会厅里举行，到了以后才发现是在一幢三层老建筑。这幢楼的二楼和三楼被各式各样的公司所占据，一楼则用于举办社区科学活动（以前是图书馆）[①]。

爸爸停车的时候，我和特薇格抬头看着楼顶——那是斯麦格即将接受考验的地方。爸爸说："我真为你们感到自豪。"我第一次感到有些内疚，因为他并不知道我参赛的真正目的。

我对自己说，不去想它了。我们三人便走进了会场。

"这地方味道真大。"特薇格说，"闻起来犹如老年人和湿地毯的混合，而且有过之而无不及，像是同时有五十个老年人和几大堆湿地毯。"

"啰。"我说。

"是的，没错。"特薇格咧着嘴笑，她为自己的描述沾沾自喜。

爸爸把手搭在我们俩的肩膀上，说："没那么糟糕。"可说这话的时候，他自己就已经开始皱眉头了。

---

① 你觉得其中有什么重要意义吗？比方说，未来请书本让位，实践才是硬道理？

"好吧，勇进。"特薇格答道。这一下，爸爸的眉头皱得更深了。

整个一楼还保留着昔日图书馆的布局，一排排书架空空如也。我们说话的时候，声音在混凝土地面发出回响，和昔日旧书的魂灵交相震动。

大厅里已经挤满了孩子和家长。我突然意识到，自己还从未考虑过竞争对手的情况。我以为只要我们的鸡蛋不破，奖金就是我们的。这时，紧张感陡然而生，我赶紧把手塞进外套口袋，把担忧压了回去。

大厅一角放着一支立式麦克风。没人告诉我们下一步该做什么，这里似乎没有管事的人。废弃图书馆里吵闹而燥热。

达里本该到了，可依旧不见踪影。时间正一分一秒过去，我的心里又开始焦躁不安了。真不应该让他拿着斯麦格，可他爱不释手，我也没说不。要是他今天不出现，我们就没法参加比赛了，我就没法得到奖金，然后……

门开了，达里走了进来，他的爸妈紧随其后。

"这里的味道好奇怪。"他来到我们身边。

特薇格当然要把刚才跟我说的比喻再原封不动地说给他听。之后，两人开始探讨这里为何在没有地毯的情况下依然有老人和湿地毯的味道，我打断了他们的对话。

"斯麦格带来了吧？"

很显然他带来了。达里是个聪明孩子，要是在参加高空坠蛋比赛时忘了带鸡蛋保护装置那可真是蠢透了。不过，我的问话让他俩回到正轨上来。"昨天晚上我又做了些改进。"达里说，"我琢磨着，缩小内角会让鸡蛋承受更大的冲击力。"

我真不希望达里再去做什么改进了！我赶紧告诉自己别着急。特薇格不是说了吗？达里是我们班上最聪明的孩子，他也许知道该怎么做。

不到十五分钟，大厅里已人满为患，又热又潮，味道也更大。尼雷先生也来了，他看见我们后挥舞着双臂，在其他参赛者当中左右穿梭，来到了我们面前。

"多么令人激动！"他说。他和爸爸以及卡普尔夫妇握了手并做了自我介绍。

"我们一定会赢。"特薇格向他宣称。

"你们当然会赢，因为你们是我的科学探索家！"他说。真搞不懂他是认真的还是说着玩。

"我来介绍一下，我是首席执行官，达里是任务分析师。"特薇格煞有介事地说。我真希望她能闭上嘴巴，这些头衔毕竟只是闹着玩。

尼雷先生咧开嘴乐了。"好啊好啊，每支队伍都需要一名首席执行官和一名任务分析师。"

"娜塔莉是我们的队长。"特薇格接着介绍。

尼雷先生冲着我笑，爸爸也伸出手来捏我的肩膀，我真想找个地缝钻进去。

"我很高兴看到你担此重任，娜塔莉。"尼雷先生说。接着，他转过脸，对我们的父母说，"他们仨是我最得意的门生。"

这绝对不真实，但感谢他这么说。

他和我们的父母聊了一会儿天，说他改行教书前做过药学研究的工作。后来，尼雷先生走到其他科学老师那里与他们交流。我一直看着他，他还是那个举止笨拙的尼雷先生，但已经不是我们的专属了。我突然间感觉很愤怒（这可真奇怪），就好像他是我们的老师，就只能是我们的老师，而现在他做回了正常人，不仅有朋友，还有一段莫名其妙的药学研究的历史。

他过的简直是双重生活！也许我们了解的尼雷先生并不是百分之百地真实。

接下来，我意识到自己的想法多么荒谬，于是便深吸了几口气，让自己平静下来。

又等了半天，一位戴眼镜的高个子女士走到麦克风前。这下终于有人掌控起局面，要告诉我们该怎么做了。"欢迎你们，兰卡斯特的少年科学达人！我叫莎莲。"莎莲看起来很像多丽丝，只是比后者年老了十岁并且多了些南方人的特征。不知怎的，这种比较让我有一种如坐针毡的不安。

"我知道你们为这次比赛付出了艰苦的努力。"莎莲接着说，"我想对你们说的是，你们全都是胜利者。这是首要的，也是最主要的。"

达里一直在点头，而特薇格则看向我，翻了翻眼珠子，因为这个叫莎莲的女士和尼雷先生如出一辙。她指了指自己，又指了指我的胸脯，做出一个"胜利者"的口型。

莎莲接下来介绍了另外五位评委，而我忙着看竞争对手的作品，没有注意听。大多数作品都毫无创意，只是把装鸡蛋的纸盒翻过来而已。我们的斯麦格绝对是上佳的设计。

看了别人的鸡蛋保护装置之后，我心里踏实了一些。莎莲和其他几位评委开始进行赛前的布置，我和特薇格以及达里则撇下爸妈，开始满大厅溜达，想再好好看看其他对手的设计。

"你做的改进真的很棒，达里。"特薇格对达里手里捧着的鸡蛋保护装置赞不绝口。

达里脸红了，回答她说："谢谢你，是你想出了斯麦格这么好的主意。"

我实在是没忍住叹了口气，他们俩立刻面色通红。有片刻的时间，我们仁都想找个地缝钻进去。

就在我们绕着图书馆溜达的时候，两个红头发的双胞胎兄弟拦住了我们。"你们的设计太有创意了。"第一个男孩说。他们穿着一样的毛衣，衣服上都绣着希谷中学的校徽。我过了半天才意识到他们是在和我们说话。

"我绝对想不到用棉花糖。"第二个男孩接着第一个男孩的话说，"真是可爱。"他们说话的时候用的是希谷中学的那种很精致的发音方式，每个辅音都发得很清楚，每个元音都发得很圆润，很难分辨出他们是认真的，还是带有讽刺意味。

"谢谢你们。"达里说，他出于本能的礼貌回答，"你们的设计也很巧妙。"

我低头扫了一眼第一个男孩手里的鸡蛋保护装置，心一下子提到了嗓子眼儿。他们是把鸡蛋用棉球裹住后塞进一个装满"幸运符"早餐麦片的保鲜袋。

特薇格向达里投出了一个失望的眼神。她上前一步，对那两个男孩说："麦片这个主意简直是蠢透了，斯麦格一定会打败你们。"

第一个男孩大惑不解："斯麦格？"第二个男孩则板起了面孔："看谁打败谁！"说完带着鸡蛋保护装置转身就走。

特薇格转向达里："你看见了吗？你看见了吗？"就好像他什么都没看见。

达里咕哝了一声算是回答，我则使劲地拽着特薇格的手，免得她去追那两个男孩。"别跟他们计较。"我说。

特薇格皱了皱眉，但还是听从了我的话。

坦白说，直到刚才我才想起妈妈的建议也是麦片。或者说，即便我没忘，也已经把它和其他一些我不愿明说的事情一起埋到了心底。我站在那儿，看着特薇格滔滔不绝地说着什么，耳朵里却什么也没听见。如果有妈妈帮助我们，如果她还像以前那样快乐、真实、喜欢尝试，那我们的鸡蛋保护装置会是什么样子？我不得而知。不过，要真是那样，我也许就不会参加这场比赛了。

我让自己不要再去想什么麦片。斯麦格一定会赢，这才是最重要的。

评委在人群中传递着一只装着抽签号码的碗。我作为一队之长从里面抽取了我们队的号码：16。纸条上的笔墨还散发着记号笔的气息，我把它叠成一个小方块攥在手心。总共二十支队伍参赛，我们临近最后出场。

比赛在楼顶进行，鸡蛋保护装置要落在停车场的指定区域。抽完签之后，我们全都窸窸窣窣地穿上厚外套，重新把自己包好、裹好、扣好。之后，大家站到停车场上，不停地对着戴手套的手哈气。评委们拿着我们的鸡蛋保护装置上了楼，只留下一位名叫肖恩的年轻卷发评委待在楼下，他的任务是宣布鸡蛋落地后的状态：是破了还是没破。几名参赛者随即试图与肖恩搭讪。我不爱听，就踮着脚掌跳，一方面是为了抵御寒冷，一方面也是为了缓和紧张情绪。

"我们没问题的。"特薇格显得相当沉着。

"这可比在我家测试的时候高得多。"达里不停地攥起、松开他的双手，他看上去已经紧张得不行了。

"我们的鸡蛋很结实。"特薇格说。这时，莎莲宣布比赛开始，她随后从屋顶平台的边上扔下了第一个鸡蛋保护装置。

鸡蛋碎了，我顿时松了口气。

因为参赛的人很多,高空坠蛋的过程颇费时间，偶尔会有"活"下来的队伍发出一阵欢呼。随后，评委们还要从强度、反弹系数以及气动设计三个方面为幸存的鸡蛋保护装置打分。我相信，我们的鸡蛋保护装置也将位居幸存者之列。我有这个信心。

比赛正在进行，特薇格不知不觉地转换成了播音员的模式。她在我和达里的耳朵旁嘀咕着，把看到的一切都转化成话语。[①] "金发碧眼组合非常紧张，她们满怀期待。用气泡塑料裹着的鸡蛋过得了这落地鬼门关吗？观众们屏住了呼吸。伙计们，别喘气！看啊，我们无畏的莎莲就要把鸡蛋保护装置扔下去了。噢，功亏一篑！金发碧眼组合运气不佳，她们的鸡蛋摔了个稀巴烂。"站在我们周围的孩子纷纷回过头来，向我们怒目而视。一位家长走过来，让我们保持安静。我和达里顿感颜面扫地，而特薇格自然毫不在乎。

听着特薇格的评论，我还算平静地度过了大半场比赛。可是，到了扔第十三个鸡蛋保护装置的时候，我们仨谁也不说话了。我们手牵着手，我和特薇格的掌心里还夹着那张写着号码16的纸条。我们甚至都不觉得这样做怪异或者是让人难为情。这个废弃图书馆的停车场似乎变成了另一个宇宙。在这里，人们只关心生鸡蛋，手牵手是一个完全能够被接受的举动。

当莎莲进行到第16号（也就是我们的号码）时，我回头看了爸爸一眼。他冲我夸张地竖了个大拇指，形象憨态可掬。特薇格则拼命地攥着我的手，我的骨头都要被她给捏碎了。

那一刻，一切仿佛都静止了下来，人们对未知的结果充满了

---

① 特薇格实在是不太会嘀咕，保持安静不是她的强项。

期待。一股强烈的爱意突然间在我的心头迸发。它既是对爸爸、特薇格和达里，也是对尼雷先生，甚至还包括达里的爸爸妈妈和所有在场的这些让我的生命更加美好的人。我想拥抱他们每一个，却又羞于煽情。我当然忘不了妈妈，可奇怪的是，我想起她时不再像以往那样愤怒、伤心或不安，而是充满了希望。一方面是因为胜利就在眼前，而奖金将使我的宏伟计划得以实现；另一方面则是，既然一次小小的闹着玩的比赛和一个鸡蛋的命运都能让我变得如此开心，那我相信妈妈的世界里也一定会重现欢乐。

妈妈一定会好起来的，因为我们就要赢了，我就要能拯救她了。

莎莲扔下了我们的鸡蛋保护装置。

我的心一下子跳到了"超级恐慌"模式。我不停地安慰自己，没关系，没关系，没关系。可这毕竟是正式比赛，它和以往的测试不同，那时只有我们三个。现在一切都超出了我们的掌控。

我连自己的心跳都听得见。

斯麦格落到了地上。

小细枝飞散开来，棉花糖爆裂得到处都是，一团亮粉在空中升起。

我们都不必等肖恩的宣判了，单听声音就足矣。那破裂的咔嚓声是我这辈子听过最大的声响。

我转过头去看我的朋友们，因为我不想看到破蛋周围那摊越变越大的黄色液体。那些摔断的小细枝就像一堆被摔断了的骨头。

达里正在摇头，他不停地摇啊摇，就好像自己对摇头这件事浑然不知。特薇格则站在那里一动不动。

"那些亮粉本来是想给大家一个惊喜。"她轻声自语，声音之低已经不像是从她的嘴里发出来的。她依旧站在那里一动不动。我惊恐地想，她以后怕是不会动了。[①]

爸爸和卡普尔夫妇走到我们身旁，他把一只手放在我的肩上，说："想现在就走吗？"

特薇格替我回答："嗯，现在就走。我们不想看到希谷的那几个蠢货取胜。"此时，她因为愤怒和失望已浑身发抖。她终究还是动起来了，只是我不想看到她这么激动。

"再等等吧。"我说，"我想再看看。"

有一个夏日，妈妈难得不用去工作，便带着我去社区游泳池游泳。当时，我们一直在讨论声波问题。为了向我展示声音在水中传播时究竟和在空气中传播有何不同，她临时设计了一个实验。

我们俩都趴在泳池边上。"准备好了吗？"她问我。"准备

---

①不是说真的就不会动了，她显然能动，只是不会再像过去那样活蹦乱跳。也许以后她就成了"非特薇格"，就像妈妈现在成了"非妈妈"一样。我也说不好，我现在正处于"超级恐慌"状态。

好了。"我说。随后，我们俩都潜入了水中。妈妈说了一句话，水分子将其扭曲、改变。等我们浮出水面时，妈妈问我她说了什么，我不得不从那含混不清的水底信息里寻找语意。

这便是那一刻我给爸爸回答时，我的话语在我的头脑中产生的音效。

"好，那我们等等。"爸爸说。他的手非但没有离开我的肩膀，反而抓得更紧了，似乎在提醒我要面对现实。

在我的周围，特薇格、达里还有卡普尔夫妇正在说着什么，我听不清他们的话语。卡普尔太太挨着达里蹲下，长款羽绒服底下露出了黄色纱丽的边儿，那是新鲜蛋黄的颜色。

莎莲还在继续主持着比赛。我看着一个又一个的鸡蛋保护装置落地、摔破，心里数着：十七，十八，十九。

爸爸继续抓着我的肩膀，我继续数着。这时，达里在我的耳边对我说："能看到结果是最好的。"

我似是而非地点点头。我并没有真正在看，我只是在等待。

来自希谷中学的那一对双胞胎的作品登场了。从停车场往上看楼顶，我看不清麦片，只能看到保鲜袋。

此时，我的手脚已完全冻麻，但我已经顾不上了。

莎莲扔下了那个被麦片裹着的鸡蛋。

这一次，人们没有听到咔嚓的破裂声，只听到"幸运符"麦片被挤压的嚓嚓声。

我简直喘不上气来，又回到了潜水的状态。我在想，当初真应该听妈妈的建议。

"你在说什么？"达里问，我这才明白自己说出了心里话。

肖恩走上前去检查鸡蛋。一个念头在我的脑海里嗡嗡作响：妈妈一定对我非常失望。可是，肖恩做出了一个拇指朝下的手势，这意味着鸡蛋破了。

鸡蛋破了！

双胞胎兄弟俩的鸡蛋只有一条很细的裂缝，细得几乎可以忽略不计，但和其他所有的破蛋一样，它也在流汤。也就是说，妈妈的建议并不正确。

这其实更糟。

"好啊！"特薇格大叫。所有人都回过头来怒视着她。特薇格降低了声调，但也只是稍稍压低了嗓门，"我早就跟他们说过，麦片绝对是个蠢主意。"

四周的人群开始攒动。肖恩宣布，愿意留下来等待比赛结果的，可以到图书馆里面等候。

我听见自己对众人说："我们回家吧。"

大家全都在整理衣服，整了又整，嘴上说着再见，行动上并不干脆。我们既想走，又没有做好走的准备。

尼雷先生走过来拥抱了我们。虽然我们个个没精打采，但他依旧做出十分开心的样子。"你们几个能参与这次比赛，我感到非常高兴。"听到"参与"这个词，我真想大哭一场。参与，就好像我们只配来参与。

"我必须得说，在我看来，你们的设计是最好的。"他眨了眨眼。"非常有创意，简直是别出心裁。莎莲之前说得很对，不管结果如何，你们三个都是胜利者。你们付出了这么多努力，也学到了这么多有关科学方法的知识。作为你们的老师，我为你们感到自豪。"

达里脸红了，嘟哝了一声"谢谢"。特薇格则惊讶地盯着尼雷先生看，我觉得这是因为她还不习惯接受老师的表扬。而我，木然的表情底下，愤怒的火花正在胸中点燃，烧得我心口发烫。尼雷先生根本就不明白！他站在那里高谈什么科学方法，就好像谁会真正关心那玩意儿，就好像他那愚蠢的科学实验和现实世界有什么真正的关联。

"走吧。"我说。之后，我未等任何人回应便转身离开。爸爸大概被我的无礼举动吓了一跳（其实我也被自己吓了一跳），但我别无选择，只想赶紧离开。

特薇格和达里跑过来追我。特薇格抓着我的胳膊说："不能就这么结束，鸡蛋行动不能停。"

我耸了耸肩。我知道伤心难过随后会袭来，但眼前我只感到气愤，甚至还有点恶心。毕竟，我是在空腹生气。

达里也不吱声了。过了一会儿，他小声说："虽然失败了，但我们依然是朋友，对吗？"

特薇格看起来都要哭了。很显然，我们俩的感觉都不好。"我们当然还会是朋友。"一开始她只是目不转睛地看着达里说这句话，后来她转向了我，眼里闪烁着一种我从未见过的勇敢而深邃的火光，"我们当然还会是朋友。"

她一把搂住了我，我也一把搂住了她。我们俩紧紧地抱在了一起。我觉得有点对不住达里，因为我知道他一定感觉到有些尴尬和不知所措。然而，我没法不拥抱特薇格，她是我最好的朋友，我需要她。

当我们终于分开时，特薇格的目光十分坚定。"'狼花行动'还在继续，我们还能挽回局面。"她说。

我叹了口气，摇摇头。"结束了，特薇格。"我说。我不能再去想兰花，我甚至都不能直视她。我感觉得到心头涌起的悲伤。

如果我再去细想这股悲伤意味着什么，那它就会在我的心里扎下根来，挥之不去。

达里什么也没问，他看着我们，眼里既有疑问又有模模糊糊的解答。

"可是……"

特薇格刚张口就被我给打断了。"那本来就是个荒唐的想法。"我说。我急匆匆地从她身旁跑过，一头钻进车里，砰的一声把门关上。

1月14日

作业 33：兰花行动

回家的路上，车里的气氛相当尴尬。我没有说话，爸爸没有说话，特薇格也没有说话。

一直开到通往特薇格家那条长路时，爸爸才开口："很遗憾，比赛结果未能如愿。你们俩想不想谈谈这件事？"

我的回答显然会是否定，但特薇格开口了："勇进，娜塔莉现在不想谈这件事。我觉得不谈也无妨。"

我能感觉到特薇格在看我，可我继续把头转向一边，把目光投向窗外光秃秃的树梢。

特薇格下车的时候我没说话，整个回家的路上我也一句话没说。我能感觉到爸爸的不安正与时俱增，他所带来的压力从各个方位向我袭来。我知道自己得说点什么，因为这是我应该做的事，我得做个好女儿。可我要是承认了比赛失败的现实，席卷而来的将会是绝望的滔天巨浪。

到家以后，我径直上楼回到自己的房间。我先是把发生的事情写了下来，接着便躺在床上，试图让自己入睡（尽管现在才晚

211

上七点）。爸爸过来敲门的时候我没有吭声。为了让我有"自己的空间"，他也就慢慢转身走了。

我躺在床上，思绪此起彼伏，止也止不住。它不停地旋转，往各个方向发散。

我让大脑安静下来，并拿起手机查看。

特薇格留了个言：给我打电话！！！

我叹了口气，把手机扔到床的另一侧。不知怎的，我老是在想尼雷先生和"负责"这个词。我到现在都不知道自己究竟是怎么做到的，但最后我竟睡了过去。

接着，一阵电话铃把我吵醒。

我在黑暗中摸索到手机，勉强对它说了声："喂？"

此时已是深夜。显然是爸爸帮我把被子盖好，周围放上我最喜欢的枕头，还在床头柜上放了杯牛奶。我深吸了口气，摇了摇头，想把睡意赶走，把不停敲打着我神经的早前的记忆删除。

"你终于接电话了！我都打了四回了。"特薇格的声音在我的耳旁炸响，我赶紧把手机的音量调低，"我知道你可能还不想说话，那也没关系，你就让我把话说完，因为我不想让我们的计划就此终结。不能就这么完了。我一直在琢磨，一直在想。我觉得有一个办法可以搞到兰花。"

经验告诉我，不要对特薇格的"高招"抱太多幻想。然而，她的话还是让我心动了。也许她真的找到了弥补一切的办法，也许我还有机会。"真的？"我问，我听起来有些上气不接下气了。

"我偷了妈妈的信用卡。"特薇格解释说，"我们可以去机场买机票，然后带一株兰花回来给你妈妈。"

听她这么一说，我的希望之火一下子熄灭了。我本来就应该知道这不可能。这是个典型的特薇格式的冒失计划，不可能成功。

"特薇格。"我尽量不让自己的话语里流露出失望与生气。我生气主要是针对我自己，我就不应该抱有奢望。这不怪她。"这个主意非常糟糕。我们不可能一夜之间就飞到新墨西哥州去。"

"可我们必须得去！我们必须得去新墨西哥州，因为你家花房里的那株兰花就是从那儿弄的。我们必须得再拿一株来，你看你这么难过……"

"等等，特薇格。"突然间，一切都变得非常明了。我的大脑一晚上都在绕圈子，而现在终于停住了，指向了一个再明显不过的方向。

我们当然还有办法再弄到一株钻蓝兰花。

毕竟，我家花房的那株兰花并非来自新墨西哥州。我是从妈妈的实验室里得到的。实验室离我家很近，乘公交很快就能到。

这是如此简单的一个方案，而我却从来没有想到过。去到那个伤害了妈妈的地方，去到那个把妈妈随随便便拒之门外的地方，单是这么一想就是对妈妈的背叛。它让人太过痛苦，我怎么可能往那方面想。现在，想起妈妈的实验室，我的心里仍像被拧着一样难受。可为了妈妈，我愿意把痛苦推到一边，我愿意去干。如果说我不能带她去新墨西哥州看兰花，那就让我把兰花带给她。

"等等，特薇格。"我又说了一遍，紧紧握住手机，我的手指都开始发麻了，"我们不必飞到新墨西哥州。妈妈的实验室里就有花籽。我可以去那里，今晚就去。"

特薇格一声尖叫，我不得不把手机的声音再调低一点，"兰卡斯特大学实验室？娜塔莉！你怎么不早说？能行！我们就这么办！"

"不，特薇格，你不能去。"我已经从床上爬了起来。

我打开台灯，蹑手蹑脚地走到房间的另一侧去拿笔记本和笔。时钟显示的时间是凌晨 0 点 56 分，我得抓紧时间了。

"什么？我当然要去！"

"不，特薇格，你不能去。"我又说了一遍。在准备高空坠蛋比赛的过程中，我一直让特薇格和达里牵头，而现在我必须承担起责任。我不能让好朋友跟我一起冒险。

"可是……"

我挂断电话，把手机调成静音模式。我知道特薇格会很恼火，但我的确不能让她冒这个险。闯入妈妈的实验室将会是很困难的一件事，我不能让特薇格陷入任何麻烦。

我用手机找到兰卡斯特市的交通时刻表，之后一路点击着找到公交车的时间表。再接下来，我制订了一个计划。我伏在笔记本上，很快地写了一个工作步骤。如果说我从尼雷先生那里学到了什么的话，那就是做事要周密。

步骤：

1. 偷取妈妈实验室的钥匙。

2. 步行 10 分钟到最近的公交站。

3. 乘坐 1 点 23 分的公交车，坐 10 站到花园温泉站。

4. 走过 5 个街区，到兰卡斯特校园内妈妈以前的实验室。

5. 潜入实验室，偷取兰花花籽。

6. 乘坐 2 点 48 分的公交车回家。

我撕下这张纸，把它塞进睡衣口袋。我觉得身体里涌起了一股令人眩晕的刺激感。我想当时可能有那么一瞬间，我对自己说过"别这么干"，可我不仅把"这是个坏主意"的警铃给关了，还把它给砸了。将妈妈从抑郁中解救出来的方案就在眼前，它是我从夏到冬一直在寻找的答案。

我平生第一次在做一件实实在在的事。准备高空坠蛋比赛时，我只是满怀希望，而现在我是在付诸行动。

按计划先拿妈妈的钥匙。我蹑手蹑脚地穿过黑暗、寂静的屋子，来到爸妈卧室的外面。我轻轻把门把一拧到底，推开了房门。

黑暗中，我依稀看见爸妈的轮廓。妈妈蜷缩在爸爸身旁，爸爸则轻轻搂抱着她。即便在睡觉的时候妈妈都被爸爸当作是一件易碎品，就好像她还没有破碎似的。

我深吸了口气，手脚并用地爬到了梳妆台旁。妈妈晚上总爱把手提包放在这里。妈妈的手提包很大，她以前不管去哪儿，都要把全部家当随身带着。她已经很久没用这只包了，毕竟她很长时间哪儿都没去。我打开她的手提包锁扣，把手伸进各个夹层。我对自己说，娜塔莉，动作快点！轻点再轻点！终于，我摸到了，那串冷冰冰、沉甸甸的钥匙，它到了我的手中。

我紧紧攥着钥匙，免得它发出声响。接着，我屏住呼吸，迈了三大步，走出了他们的房间。我匆匆穿过走廊，把钥匙紧紧攥在掌心。就要回到我自己的卧室了，突然间，有人在我的背后清了清嗓子。

1 月 14 日

作业 34：队长

我吓了一大跳，立马转过身去。我还没有做好面对爸妈的准备，还不想现在就被他们拦下。要知道，希望离我如此之近。

可是，站在我身后的不是爸妈，是特薇格！

我惊讶地叫了起来，随即用手捂住了嘴。

"嗨！"特薇格小声说。她戴着一顶黑色毛线帽，帽子底下露出几缕金黄色的头发。此刻，她正咧着嘴冲我笑。

我过了好一阵子才缓过劲儿来。深更半夜，特薇格居然正站在我的家里！

"特薇格？你怎么进来的？"

她在空中挥了下手就把我的问题给打发了，就好像我这么问实在是荒谬。"我可是你多年的好友，当然知道你爸妈把备用钥匙藏在哪儿。"她小声说。我们都知道的，小声说话并不是特薇格的强项。

我屏住呼吸，回头扫了一眼爸妈的卧室，屋子里依然安静。"你知道那块假石头？"

特薇格给了我一个"那还用说"的眼神。她穿了一身黑——黑紧身裤、黑靴、黑帽、黑外套，鼓鼓囊囊的大外套走起路来窸窸窣窣。她凑近我说："计划是什么？准备好了吗？"

"特薇格，我……"

她举起一只手，好像要用武力来制止我的抗议。"我知道你跟我说让我别来，可我是你在这个世界上最要好的朋友。我永远都得在你身边。更何况这是一个再好玩不过的大冒险，我怎么能被落下？"

那一刻，我的心满是感动，我都想哭了。我紧紧搂住了她。有一点是不争的事实，有特薇格在，我感觉好多了。特薇格让一切似乎都有可能。

我从口袋里拿出写好的步骤递给她。

她飞快地扫了一眼，看了看表，说："要想赶1点23的这班车，我们现在就得走。得赶快。"①

因为没有时间换衣服了，我就把羊毛大外套罩在奶奶给我的印着小猫小狗的花睡衣上，和特薇格一起走出了家门。我们一直踮着脚尖，生怕弄出很大的声响。

在这个冬日的深夜，我们就这么站到了室外，准备进行"鸡蛋行动"的最后一个并且是始料未及的环节。雪花在我们的身边

---

① 特薇格大概是七年级唯一一个戴手表的人。她之所以戴手表，是因为她妈妈不喜欢。她的塑料表表面上有一个很大的 Hello Kitty 图案，她妈妈称之为"拙劣的仿冒品"。

飞舞，周围的一切都像蒙上了一层白雾。大片的雪花落在我脸上，我被冻得瑟瑟发抖。

我吸了一口这冰冷的空气，正准备往车站跑，却听见旁边有人问："有什么计划？"

我眨着眼，透过雪雾使劲看，一下，两下……

我怎么早没看见他！

只见达里正站在那里，手插在口袋里，肩膀缩得贴着耳朵。因为寒冷不适，他正不停地踮着脚尖前后摇晃。

"啊？！"我只能说出这一个字。我的情绪变换太快，我已经不知该作何感受了。一开始是绝望，接着是迷惑，再之后是激动，而现在是怒火中烧。"你在这儿干吗？！"

"伙计们，我们得赶紧去车站了。"特薇格把话说得飞快。她看着我，眼里满是乞求。

达里张开嘴想说点什么，但我们已经没有时间了，我拔腿就跑。我在雪地里不停地打着滑，但我稳住不让自己摔倒。这个时候摔倒无异于失败。此时，我的脚步声和心跳声听起来都像在说"兰花，兰花，兰花"。

特薇格和我一起冒这个险是正常的，而达里的到来则让我心烦意乱。毕竟我对他还不是那么了解，至少现在还不是，而他也不是我最要好的朋友。特薇格之前所说的关于我和她如何要好的话现在已经失去了意义。

即便理智告诉我说这个想法有失公平，但我的确想对特薇格大吼，我埋怨她把达里带来、跟他说兰花的事。这种事情只有米凯拉做得出来，特薇格不应该。要不是我们急着赶车，我一定会吼出很不中听的话来。我会说，别再想什么"兰花行动"了，也别再想我们之间的友谊了。你怎么能跟他说这些事？你怎么能与他分享只有我们俩之间才能分享的秘密和经历？

我们到公交站的时候正好是 1 点 23 分，但是并没有看到公交车，两分钟之后也没有看到它的踪影。

"糟糕，糟糕。"特薇格气喘吁吁地说，"我觉得我们错过了这趟车。"她的这个判断让我对她更加不满了。"肯定错过了！"她又说了一遍。特薇格真是不知道适可而止。

"娜塔莉。"达里小心翼翼地说。他不像她，还有一点头脑，看得出我在生气。"特薇格跟我说了关于兰花的事。"

别提这一壶，达里！

"我知道高空坠蛋比赛的时候我让你失望了，都怪我做了那些改进……是因为我比赛才失利的。我想做些补救。不管你有什么样的计划，我都想让你知道我支持你。我愿意跟你一道。"说着说着，他又变得难为情了，声音也低得近乎喃喃自语，"因为，我们是一个团队。"

他正说着，公交车拐了个弯，在车站旁停了下来，我因此也免去了回答他的尴尬。我到现在都不知道如果当时车没来我会作何回答。我很高兴你能参与进来，达里。你回家吧，达里。要不就是，达里，特薇格都跟你说了些什么？这些话我都想说，但说出来之后又都觉得不合适。

最终我什么也没说。特薇格从她的口袋里掏出我们三个人的车票钱，公交车司机连眼睛都没眨一下。

特薇格有些迟疑，那天晚上我头一回在她的眼神里看到了犹豫。我敢肯定，她和我一样都以为司机会把我们迎头拦下。我们都习惯了做事的时候被大人阻挠，满心以为这位司机会站起身来，两手叉腰，对我们说，小朋友，这么晚了怎么还外出？他兴许会把我们直接送回家。要真是那样的话，我们只好认了，至少我们努力了。

"我说，"司机把正在嚼着的亮绿色的口香糖贴在门牙上，"你们到底上不上车？"他又高又瘦，连达里都比他壮，满身的骨头看起来稍有不慎便会把皮肤戳破。

于是我们便上了车。我们当然要上，我们是按照步骤进行的。

公交车上唯一的乘客是一个流浪汉。他坐在汽车的前部，正从一个用纸袋裹着的瓶子里喝着什么。我们仨于是便坐到了汽车的后部。

特薇格小声对我说："这个司机居然让三个七年级的孩子深更半夜独自坐公交！"我没吱声，因为我还在生她的气。还有，我觉得我们不应该质疑好运气。

特薇格俯过身去，向达里介绍了我们的行动步骤。之后，我们仨全都静默不语。窗外的景色在变，公交车发出嘎吱的声响。我们离开社区，往两边全是破旧楼房的街道驶去。

那个流浪汉开始莫名大笑，他既没有针对任何人，也没有针对任何事。我的掌心变得汗津津的，心跳也跟着加快。我对自己说，你只是有点兴奋而已，只是兴奋。

我之前有过一次乘公交车去兰卡斯特大学实验室的经历。那是很多年前，妈妈的车子无法启动了，而她又得赶着去上班。当时我坐在公交车上一个劲儿地叹气，不停地把膝盖颠上颠下，颠得座位直摇晃。我讨厌坐公交车，我喜欢和爸爸妈妈一起坐在我们私家车狭小而私密的空间里出行。公交车又宽又大，满满的全是别人的生活。

可妈妈用手按住了我不停抖动的膝盖，对我说："把它当成是一次奇遇吧，娜塔莉。"她指着一个坐在前排的抱小孩的妇女，给我编了个故事，"那是她生的第一个孩子。她给她的宝贝起名为'紫罗兰'，因为紫罗兰是在五月里开花。"就这样，坐在那个充满了别人生活的大公交车里的感觉再也不是那么糟糕了。

这时，公交车司机在一个红灯面前来了个急刹车，流浪汉用纸袋裹着的瓶子里的液体一下子溅到了地板上。他开始大声叫骂，嘴里像塞满了弹珠。

我没意识到自己的双腿已经开始颤抖。我赶紧用手抓住双膝，让抖动停下来。

"还需要多久？"特薇格在我耳边小声说，我不知道她这么问是出于兴奋、烦躁还是恐惧。我生平第一次无法读懂她。就特薇格而言，今晚充满了第一次。但这也许是因为在这之前我从未真正加以注意。

"还有五站。"达里说。他正摆弄着一个粉色的小东西，把它在手心里搓来捻去。"就剩五站了，数着数着就到了，特薇格。"我意识到，他手里拿的是那个小小的火烈鸟。这么说来，特薇格最终还是决定送给了他。

我感觉到特薇格放松了下来，我猜她刚才和我一样紧张。我很遗憾自己未能成为那个让她放松下来的人。

因为没有乘客上车，公交车直接驶过了另一站。在这个时间点，世界上除了我们仨、公交车司机和流浪汉之外再没有其他人醒着。特薇格伸出手来，使劲握住我的手，我也使劲握住她的手。我们数着公交站：五，四，三，二，一。之后，我抬起胳膊，去拽那黄色的牵引绳①。车还没开始停，我们便踉跄着往车前跑去，身体随着庞大的金属车厢左右摇摆。

"这么晚了三个小东西还到处乱跑！"流浪汉用他的瓶子指着我们责备道。我紧紧拉着特薇格的手，在她还没来得及回应之前生生地把她拽下了车。

公交车司机什么也没说，他甚至都没有瞟我们一眼就把车门给关上了，汽车轰鸣着扬长而去。之后，街道安静了下来。我们仨站在人行道上，双臂紧抱在胸前。

"我们是不是该往实验室走了？"达里说。他咬着牙，面色苍白。

我转过身，开始往妈妈的实验室走去。我们经过了好几幢宿舍楼和教学楼。有两个穿迷你裙和雪地靴的女大学生咯咯笑着从我们身旁经过。她们往我们这边扫了一眼，捂着嘴笑得很欢，但她们没有对我们加以盘问。

我们继续往前走。我已经好几个月没来这里了，但我知道路，

---

① 在美国的公交车上，乘客下车前需要拉扯牵引绳，以通知司机停车。——译者注

它已经深深地印在我的心里了。现在的感觉像是回家。我提醒自己要振奋起来，我还提醒自己说，我们要做的是一件好事。

1 月 14 日

作业 35：那些被遗忘的事

妈妈还在工作那会儿总是待在实验室里，特别是在研究钴蓝兰花的最后几个月，经常很晚才回家，连周末、假期都不休息。妈妈热爱她的工作，但她也爱我。

妈妈没有让我上学前班，而是带着我一起去实验室，我一直跟在她的屁股后面。我甚至还有自己的白大褂，现在想来，那可能是一位来自蒙大拿州的矮小女实习生留下的。这件衣服成了我的，我爱极了它。我从来不觉得自己擅长科学研究，但我喜欢在实验室里待着。我喜欢和妈妈在一起，远离所谓的正常生活，那里不仅有功课和作业，还有后来变奇怪了的米凯拉。米凯拉在五年级的时候就不再来实验室了，她有"更重要的事情"要做。

我不知道自己在走向那座庞大建筑时心里应做何感想，也许内心应该与这个时刻相符才对。我不该那么害怕，我应该感到高兴、激动或理直气壮，因为我是在修复家庭，我是在让一切回归正常。生活本来就该是快乐的，而我离这个目标如此之近。

然而，此时是深夜，大楼阴森森地竖在我面前，它和记忆中的模样完全不同。

"我们一定能成功。"特薇格在我耳边悄声说。她好像感觉到了我的恐惧。我虽然还有点生她的气，但她的话还是有帮助的。特薇格就是这么棒！

我从口袋里掏出妈妈的钥匙，用颤抖的手拿着它。

"需要我帮你吗？"看见我哆哆嗦嗦的样子，达里说，"你的手都冻僵了，所以很难握住钥匙。我有手套，所以……"

"我没问题，达里。"我抢白他说。我知道他很想帮忙，可这个时候我还是很烦他。光是看看他，我就血脉偾张、全身充满抵触情绪。我不想听到他说话。

第一道锁被我打开了，接下来是一道钢栓门锁。我们站在寒冷中，冬风吹透了我的薄棉睡裤。我觉得自己快被冻死了，那种感觉就像是冻死了之后又复活，复活之后又被冻死。几个回合之后，我终于打开了门锁。我们进到了大楼内。

一楼大厅整洁漂亮，到处是形状别致的灯。一名保安正趴在前台睡觉，鼾声如雷。不知怎的，我忘记考虑保安这个环节了，也许是因为和妈妈在一起的时候，保安从来都不是个问题。妈妈会笑着跟他们挥手，打招呼。不过，这位保安我从来没见过。仅仅几个月的工夫发生了这么多的变化。

特薇格小声对我说："这地方看起来就像是一本花哨的宜家家居的产品目录。"她说得很逗也很形象，但我们不敢笑。达里把食指放到唇边并且一直保持着这个姿势。我们仨一起踮着脚尖，以极慢的步速穿过了大厅。

乘电梯动静太大，于是我们选择走楼梯。我们推开楼梯间的门，大气也不敢出，直到再把门轻轻关上。我们开始爬楼，往位于三楼的实验室进发。当特薇格睁着她那双闪着兴奋亮光的大眼睛看着我的时候，我完全明白她在想什么。

这一回我们真的像间谍一样，不是假装的。

终于到了三楼。我们站在楼梯、电梯和实验室之间的狭小空间，面对着实验室的大玻璃门。

特薇格看着我说："你不想尽一下地主之谊吗？"

我于是便尽了这份地主之谊。我把妈妈的第三把钥匙插进门锁，打开了玻璃门。

我们就这么进了实验室。一切都是那么地熟悉：长长的入门门厅，沿着白色墙壁一溜排开的办公室，还有那白色的瓷砖地板。我既兴奋又难过，几乎没听到被我的心跳声遮盖住了的轻微嘀嗒声，而特薇格听到了。

"娜塔莉。"她叫我。我顺着她的视线望向墙上那个闪着蓝光的小密码盒，盒子正发出嘀嘀嘀的声响，声音很小，小到像是不想惊扰我们。它好像在说，嗯，抱歉打搅了。不过，你们是违规进入的吧？

"你知道密码吗？"达里问。

我不知道。我怎么把这一点也忘了？我来妈妈的实验室多少次了？我看过她进来后输入的密码多少次了？这是实验室的最后一道防线，为的是以防万一，比方说三个孩子在深夜两点闯入实验室。

妈妈输密码的时候我真应该多留点心，看得更仔细一些。"嗯。"我答复达里，我只能给出这样的回答。

"娜塔莉。"特薇格又开口了，这一次她的声音里充满了恐慌。

"好吧。"我往密码盒走去，闪烁的蓝光像警车上的警示灯，好在它声音不大，好在我还能思考。

我输入"1111"四个数字，可蓝光依旧。

"应该不是这个密码。"达里说。

我真想把他灭掉，可我不能够。我又输入"2222"，蓝光依旧闪个不停。

"娜塔莉！"特薇格又说。

我不知道该怎么办了，这一步没在我的计划步骤里。我只能做我下意识里能做的事了，我输入了"3333"。

蓝光停了。

"3333？"达里惊呼。"这就是密码？有没有搞错！"

我哈哈大笑，这是一种无法自已的疯狂大笑。特薇格也跟着笑了起来。我们俩一起喊："3333！3333！"

达里看着我们的样子，仿佛整个世界都颠倒了，"这怎么可能是密码？你之前知道吗？"

我一边笑一边摇头："我是猜的！"我的声音是一个快乐的、无拘无束的小女孩的声音，我差点没认出来。

"可是……"达里还在摇头。

特薇格伸出一只胳膊搂住了他的肩膀，"有时候好事就会发生。有时候你就是运气好！"

年糕的好运终于兑现了。我的脑海里响起了一片"终于，终于，终于"的合唱。

达里深深地吸了口气，摇了摇头，但他的脸上终究露出了笑容。"好吧，"他说，"我们快去给娜塔莉找花吧。"

1 月 14 日

作业 36：观察

兰花并不难找。我一路走到实验室的尽头，来到曼泽太太办公室那一侧的文件柜旁。很多年以前，她就是从这个柜子里拿出兰花花籽的。那个时刻已经深深地印在了我的记忆中。我拉开标着"综合园艺"的那个抽屉，在里面一阵翻找，直到看见一个半透明的蓝色自封袋。我记得曼泽太太就是从这种塑料袋里掏出的那粒花籽，她做任何事都是用颜色做标记。

拉开自封袋封口的时候，我的手一直在抖。我从里面掏出一粒花籽。里面一共有三粒，但我只拿了一粒。我只需要一粒。我把袋子重新封上，放回抽屉里。这时，我注意到袋子上的标签写着：德国鸢尾。

一定是标错了。这不是鸢尾，是钻兰！我的兰科、卡特兰属、勇兰种的钻兰！

我又在抽屉里一阵翻找，可再也没看到其他的自封袋。

"你就是来找这个的吗？"达里问。看得出他一直在观察我，并且试图把观察到的东西拼凑起来，进而对我的神秘举止进行分析。我转过身去背对着他，把那粒花籽紧紧地攥在胸前。一定是某个环节搞错了，可不应该呀。我把深刻在心中的那段记忆又播放了一遍，确定这就是曼泽太太取花籽的自封袋。也许只是袋子的标签错了。

"兰花！"特薇格惊呼一声，一个搂抱差点让我摔倒。

找到钴兰花籽本该高兴才对，可我现在有众多疑惑。我觉得自己一直在解决一道复杂的科学谜题，而究竟是怎样的谜题我竟浑然不知。此刻，我所有的疑惑、我观察到的东西和我接收到的信息都像那密码盒一样嘀嘀直响。我想赶紧回家，我不敢面对密码开启后的结果。

"我们得走了。"我说。我的手里仍然抓着那粒花籽，指甲已经掐进了掌心，但我已经顾不上疼了。我不想跟我的两个朋友解释为何要急着回家。我想连我自己都解释不清楚。可我就是得赶紧出去，就是得赶紧回家。我要把那粒花籽赶紧种上，否则，否则……

我领着他俩穿过曲里拐弯的实验室大厅往回走。我们得赶紧回到电梯前，得赶紧回家。快到玻璃门时，我突然停住了。我看到了妈妈的办公室，它就在我的眼前。我的脚再也挪不动了。我把右手手心里的花籽握得那么紧，以至于整只手都发麻了。

"你没事吧？"特薇格问。我没有回答她，只是目不转睛地盯着门上的名牌。爱丽丝·拿波里，那是妈妈的名字，那是妈妈的办公室。即便她已经好几个月没上班了，即便她已经被解雇了，可她的名字还在。

各种疑问敲打着我的脑袋。爸爸在工作压力特别大的时候，时常会掐着鼻梁说："偏头痛。"虽然这个概念貌似是成年人和老年人所独有，但我十分肯定，我现在的感觉就是偏头痛。我的脑袋里塞进了这么多问题，而我无法找到任何答案。

我把观察到的东西在脑子里过了一遍，这些线索连成了一串：

- 曼泽太太跟爸爸说，"我们很想念她"。
- 妈妈还保留着办公室的钥匙。
- 妈妈办公室的门上还挂着她的名牌。

我能感觉到站在我身后的特薇格开始有些焦躁不安了，我听得到她动来动去时羽绒服的窸窣声。这时，达里开口说："我和特薇格到玻璃门那边等你。你不用着急。"

我真想给他一个拥抱。尽管我不想让他跟着来，但有时候你身边真的需要一个像他这样善解人意的人。

"谢谢你，达里。"我对他的愤怒顷刻间烟消云散。毕竟这不是他的错，是特薇格邀请他来的，他只是想当个称职的好朋友而已。也许他还算不上我最要好的朋友，但我们依然是个团队。

两个好友转身离去，大玻璃门重又关上。我把妈妈办公室的门把手一拧到底，走了进去。动作快点，别出声，我对自己说。

妈妈的办公室和原先一样，一点都没变。

我以前睡午觉、看书、写作业的沙发还在。我和米凯拉做实验时的方格小地毯也还在，那上面还残留着我们俩把苏打粉、醋和一整瓶芳香泡沫剂混合后留下的紫色印记。那边是妈妈的办公桌，上面还摆着爸爸和我的照片，台历还停留在七月的那一页。如果妈妈被解雇了的话，那这间办公室为什么还原封不动地留给她？

不知不觉中我开始在妈妈的办公室里走动起来。我把装在相框里的照片一一拿起，那还是很多年前的照片，那时的我们还是个完美家庭，每个人的脸上都洋溢着快乐的笑容。我把那张在迪士尼乐园照的全家福紧紧地抓在手中，抓得玻璃相框都嵌进了肉里，真希望自己能躲进那记忆中。[①]

"娜塔莉！娜塔莉！"走廊里传来了特薇格的声音，随之而来的是乒乓关门的声响和很重的脚步声。

---

① 爸爸、妈妈和我戴着米老鼠的大耳朵站在"幻想乐园"的门前。那次假期旅行是妈妈一手操办的，我和爸爸一点心都没有操。

特薇格跑了进来，她的头发四处飞扬，仿佛每一缕都在惊慌奔逃。"娜塔莉！"她上气不接下气地又喊了一声。

她的身后跟着一名保安，达里紧随其后。这名保安堵住了办公室的门。

我手里的相框掉了下来，落在我脚边摔碎了。

1月14日
作业 37：罪犯

我的恐惧足以填满整个房间。保安严严实实地挡住了房门，他又高又壮，戴了一副很厚的黑框眼镜，胸前的名牌上写着"乔"。老实说，这让我稍稍放松了一点，因为乔听起来是个很友善的名字。

乔看着我们，我们也看着他。有片刻的工夫，我们全都愣在那儿没动。接着，乔拽了拽右耳垂，说："嗯？"

我猜他没想到是三个孩子闯进了植物学实验室。

"呃。"我答道。

"早上好！"特薇格跟着说。

达里站在乔的身后，一只手抓着自己的头发，吓得面色苍白。

"你们触发了警报系统。"乔说。他摇了摇头，好像自己也搞不清干吗要解释这个，"只要输错密码三次，我就会接到警报。"

"这么说，'3333'不对？|"达里话一出门就赶紧闭上了嘴，他觉得自己根本不该说话。

这么说来，我其实并没有那么幸运。之前的年糕算是白做了。

乔皱了皱眉："我去叫警察？"他说这话的口气像是在征求我们意见。

"别！"达里倒吸了一口凉气。我从没见他这么慌乱过。我很后悔让他跟着来。他冒了极大的风险来这里，要是被警察抓去了，那麻烦可就大了。我怎么能让朋友陷入这般田地？

"别叫警察。"我有些犹豫，但也只好这么办了。我往前走了几步，踩得脚下的碎玻璃渣嘎吱作响。"给达娜·曼泽打电话。她是实验室的负责人。我们是……她女儿的朋友。"

特薇格发出一个声音，像是被呛住了似的。

这个解决方案让乔如释重负。他点了点头，拿起别在腰间的手机。"嗯……"他看着我们，有些迟疑。我想这不能怪他。这种事情也许不常发生。"你们站在这儿别动。"

他走到外面去给米凯拉的妈妈打电话，达里趁机溜了进来。我们仨站在一起，什么话也不敢说，直到保安再次进来，"她马上来。"

乔叹了口气，坐到妈妈的椅子上。他指了指沙发，对我们仨说："要等一会儿呢。"语气中有些无奈。我们仨面面相觑，心里很是纠结，因为惹了大麻烦的孩子通常没心思在沙发上坐着消磨时间。不过我们最终还是坐了下来。保安说得对，也许真的要等上一会儿。

等待的时间的确很长。整整四十五分钟的时间里没人说一句话。这是我们生命里最难熬的四十五分钟，我们就这么无声地坐着，心里充满悔意。我的大脑已不能正常运作了，它无休止地陷入了一个怪圈。我什么也不能想，只是偏执于一点：妈妈是主动放弃工作的。她不再关心工作，也不再关心我。

我会陷入麻烦，达里和特薇格也会陷入麻烦，而这全都是我的错，都是因为我逞能想要解决所有的问题，都是因为我逞强，要做一队之长，要拯救我的家。

这是多么荒唐的想法！

"真对不起。"我说，我低着头没有看我的两个伙伴。

起初他们没有回应。我心里想，他们一定是恨死我了。

但是过了一会儿，达里轻轻说了一句："我们是一个团队。"特薇格则开始"安抚"我，在我的背上做起了打鸡蛋的动作。我有一种想哭的感觉。

然而，我还没来得及做出反应，曼泽太太就到了。走廊里先是传来很响的脚步声，接着曼泽太太便出现在妈妈办公室的门口。

乔跳将起来，大松了一口气。他问曼泽太太："需要我帮忙吗？"

曼泽太太先是看了看我们仨，接着看了看保安，之后又把目光重新定格在我们身上。她的嘴张开又合上了好几次。她的一头卷发在脑后胡乱地扎成一个髻，运动裤的裤腿也随意地塞在靴子里。我感觉她像刚从床上爬起来就跌入了另一个噩梦。

我以前很喜欢米凯拉的妈妈。在她解雇我妈妈从而使得我决定痛恨她之前，我一直认为她是世界上第二好的妈妈。不过，她似乎并没有真的解雇我妈妈。分析一下我观察到的东西，你就会发现这是一个残酷的事实，是妈妈自己不来上班的。她可能不想来，也可能来不了。

曼泽太太一直让妈妈的办公室保持原样，像我们所有人一样，她也在等待妈妈的回归。我不知道该怎样描述自己的感觉。我的情绪就像一只破碎的指南针，它不停地转啊转，找不到停泊的方向。

曼泽太太摇了摇头，示意不需要保安帮忙，乔赶紧抽身。

在我们听到玻璃门关闭和电梯下降的叮叮声之后，曼泽太太张口说："你们来这里做什么？"

特薇格回答："我们迷了路。"这可能是她想得出来的最糟糕的谎言了。之前，她在有压力的情况下也曾编造出一些不怎么样的谎话。[1]

---

[1]有一次，一个小孩过生日，特薇格想私闯他的保龄球派对。我们编谎话说自己是俄罗斯孤儿，还操着俄罗斯口音说话，结果被赶了出来。

曼泽太太皱起了眉。不过，她看起来与其说是生气不如说是好奇。毕竟她是个科学家。她把目光投向我，等待我回答。

"我跟您说实话。"我说。于是我把整个故事讲了一遍。这是我第一次说，声音很大，为的是做到覆水难收。

我告诉曼泽太太，我和妈妈是怎样把她给我们的花籽种下。我们看着它成长、开花，对它喜爱至极。我对她说，我知道这是株神奇的植物。

接着，我讲了让我心痛的事。我说妈妈不上班了，我还以为她被解雇了，结果发现是她自己不愿意来了。我说那株兰花死了，我们扼杀了一株面对毒素和死亡都能挺过来的植物。我说了新墨西哥州，也说了高空坠蛋比赛的失利，还说了我如何渴望得到另一粒钻兰花籽。我之所以私闯实验室，是因为这似乎是我的最后一线希望。

"钻蓝兰花是神奇的花，我需要它的神力来拯救妈妈。"我的声音里透着哭腔。

达里的嘴巴张成了一个圆。很显然，特薇格在动员他来的时候并没有把全部故事都讲完。

曼泽太太紧绷的面孔松弛了下来。"噢，娜塔莉，我很抱歉。那种花……它并不神奇。它只是一种反常变种，因为出乎意料，所以在当时引起了我们的兴趣。"

我很想跟她说我知道，我不傻，不会以为那种兰花真的有什么神力。可曼泽太太用的时态让我愣住了——那种花"在当时"引起了她们的兴趣。

"你并没有扼杀什么钴蓝兰花，娜塔莉。"曼泽太太咬着嘴唇，"我很抱歉。关于那株花的事，你可以问问你妈妈。"

我明白了，在这个可怕的谜团后面藏着许多隐情。之前我所认定的关于妈妈的一切都是不真实的。她说麦片可以减震，结果鸡蛋摔破了。她放弃了工作，因为研究太难，她难以为继。她不够勇猛，不够自信，也不够坚强。她连我都放弃了。"我们种的那株花怎么了？请您告诉我。"我说。我不敢知道，但我又很想知道。

曼泽太太苦笑了一下，说："我现在得给你们的父母打电话了。你们三个必须赶紧回家。"

"那株花到底怎么了？"我追着问。我的世界已经分崩离析，我必须知道事情真相才能使其得以重建。

可曼泽太太摇了摇头，说："你得去问你妈妈，娜塔莉。"说完，她转向特薇格和达里，跟他们要了家里的电话号码。我知道我和她之间的谈话就到此为止，我再也不能从她这里得到更多解答。

曼泽太太走到外面去给我们的父母打电话，我们仨则紧挨着站在一起。像高空坠蛋比赛失利后的达里一样，特薇格小声问："我们以后还是朋友吗？"这句话似乎成了我们三个人友谊进程中令人沮丧的名言警句。

我没有说话，回答她的是达里。他马上给予了肯定的答复，就好像这个问题根本就不应该存在。我也是在那个时候才意识到，我真心希望他们一辈子都做我的朋友。我愿意为他们做任何事，就像他们愿意为我做任何事一样。

我拼命想合适的话语，可我知道自己一旦开口就肯定会哭。达里看到了我脸上的表情，冲着我点了点头。好朋友就是这样，不用你开口他们就懂你。

曼泽太太回来了。她领着我们走出实验室，去坐她停在楼下的锃亮的黑色宝马车。我们仨像囚犯似的齐步前进。特薇格和达里上车以后，我正准备往后座上钻，曼泽太太抬起了我的下巴，她在我的额头上亲了一下。

我经常看见她这么亲米凯拉。现在她把她的爱也给了我。我哽咽了一下。

穿过那些两边都是破旧楼房的街道，我们往郊区驶去。曼泽太太先送达里，他家离得最近。

"谢谢你。"达里下车的时候，我在他耳边轻声说。他的嘴唇抿成了一条细线，显然是在担心父母的愤怒。不过，他注视着我点了点头，像是在说没事儿。

"祝你好运。"特薇格说。她伸出双臂搂住了他，而他也不忍转身就走。

"好了，走吧。"曼泽太太轻声说，她领着达里往家门口走去，我和特薇格坐在车里等。

"真对不起。"特薇格对着寂静无声的空车说，"我不该给你打电话说去新墨西哥州的事。我应该把这件事放下。"

"我也要跟你说声对不起。"我说，"我不该把你扯进来。"

"你没有把我扯进来。"特薇格的语气很坚决，"无论如何我都要陪着你。"

"可我是个糟糕的队长，"我脱口而出，"干什么都输，还让你们惹上了麻烦。"

"娜塔莉！"特薇格说，"你做队长，不是因为你干什么都对并且不惹麻烦，你做队长是因为你能把我们团结在一起。"

我咬着嘴唇，不知道说什么好。我的心里一直有一种感觉：没有我，他们会干得更好。

这时，特薇格的声音变柔和了："我知道我不该带达里来。

我也知道你会不高兴。可我害怕，而遇到问题时他总有办法，所以我就……"

我伸过手去握着她的手："没关系。他确实知道很多事情。"坦白说，我很高兴特薇格把达里叫来。有这两位朋友在我身边，我真的很高兴。

虽然有些事情最好留在心里不说，但话说回来，有些事情并非如此。我看着特薇格的眼睛，她也看着我。在路灯灯光的照耀下，她就像发着光一样。"要是没有你们，我真不知该怎么办。特别是你，特薇格。"我说。

特薇格解开安全带，一下子扑在我身上。她紧挨着我，把头枕在我的肩膀上，说："要是没有你，我也不知道该怎么办。"

过了很久，曼泽太太才回到车里来。她使劲儿咽了口唾沫，只字不提与达里爸妈的对话。特薇格和我从车窗里望出去，但见达里家的前门已经关闭。屋里的灯还亮着，可什么也看不到。

"他不会有事吧？"我问特薇格。

特薇格也使劲地咽了口唾沫，说："我也说不好。"

下一站是特薇格家。我又一次坐在车里等，曼泽太太带着她往门廊走去。一个人待在车里，我本应感到内疚、悲伤与恐惧，可我竟没有感觉到这些情绪。我很平静。特薇格的妈妈很快就打开了大门，她蹲下来，紧紧抱住特薇格。不管她平时表现得多么怪异，看得出她很爱她的女儿。她永远都会爱着特薇格。

曼泽太太走回车子的时候，看上去像是要哭了一样。不知道这是为什么，大人们有时候真奇怪，也许今天晚上让每个人的心里都沉甸甸的。"谢谢您，曼泽太太。"她上车后我说。

曼泽太太转过身看着后座上的我。"你们都还这么小。"她说。

我不知该如何作答。大人评论你的年龄时总是让人觉得有些难为情。他们端详着你，对你说，你还这么小，或者说你都长这么大了。每当这时，我都很想摇头对他们说，我不小也不大，我就是我。

"米凯拉总是跟我说，你和特薇格两个是多么有趣。"曼泽太太说。听了这话我惊诧不已，差点脱口而出，什么？您说什么？"她很想你。"曼泽太太接着说。

我不得不把这番谈话抛诸脑后，因为大人们根本不知道他们在说什么。我要是再想这些事，脑袋非炸了不可。今天晚上发生了太多的事情，我想曼泽太太也感觉到了这一点，她在送我回家的路上没再多说什么。

我还没做好充分的心理准备便到家了，因为特薇格家和我家挨得很近。不过，话说回来，是不可能做好这种心理准备的。

"准备好了吗？"曼泽太太问。

我又想哭又想笑，我已经不知道该如何反应了。我们一起往家门口走去。还没等我们按铃，爸妈就把门打开了。妈妈一把搂住了我，她闻起来有股怪怪的新旧混合的味道，就像她的花香洗发水与新的、更醇厚一些的黑巧克力的混搭。我身体的一部分想挣脱开，另一部分又不忍放手。

我能感觉到妈妈正越过我的肩头望向曼泽太太，不知道她俩在用无声的话语交流着什么。我不想深究，我不需要知道答案，至少今晚不需要。

爸爸和曼泽太太交谈了一小会儿，他不停地发出"嗯嗯嗯"的声音，显然已经进入了心理治疗师的状态。不过我没有去听他们的谈话。我只想让自己被搂着，被妈妈搂着。

真想让时间就此停下脚步。

可曼泽太太最终离开了。妈妈也与我分开了，她抓着我的肩膀，在我和她之间拉开了一段距离。她问我："娜塔莉，发生了什么事？"

她听起来很是疲惫，可我是真的身心俱疲。

我从她手里挣脱出来，往后退了好几步。"我必须得去！"我说，我隐约意识到自己已经是在高声尖叫了。"我必须得去，因为你去不了。我必须得去。这么长时间了，你都不管不顾，也不跟我讲任何理由。你还说你是被她解雇了。"回过头来想想，这条指责并非事实，它只是我的想象。

"娜塔莉，娜塔莉，娜塔莉。"爸爸一个劲儿地叫我。他也蹲了下来，于是我便站在了他们两个人的面前，甚至还比他们略高一点。

我想把他们俩推倒，然后自己也瘫倒在地。

"你连我都放弃了。"

"娜塔莉，别这么说。"妈妈伸出手来想握我的手，可我把手缩了回去。她的眼里满是泪花。

我的眼里一定也有泪花，因为整个世界都变得模糊了。"我就是想……"我拼命想理清我头脑里混乱的思绪，可我不能够，我再也组织不起任何语言了。

爸爸把一只手搭在妈妈的肩上，另一只手搭在我的肩上，说："我们都先去睡一觉，明天再好好谈。"

我闭上眼，点了点头。我感谢爸爸的提议，因为今天晚上我已经说不出话来了，我已经麻木了。

他和妈妈站起身，陪我走进了卧室。爸爸搂着我说："睡个好觉，娜塔莉。我们都爱你。"

爸爸和妈妈交换了一个我无法理解的眼神。之后，爸爸回房间睡觉去了，妈妈则留下来陪在我的床边。她抚摸着我的头发，一直到困意袭来，将我引入梦乡。

1 月 14 日
作业 38：说出心里话

我早上下楼的时候，爸妈已经换好衣服坐在沙发上等我了。经过昨天晚上那一出，我现在感觉十分紧张。我知道，一堂扎扎实实的心理辅导课怕是在所难免了。

于是我便坐到他们俩对面的椅子上，可爸爸摇了摇头，说："过来跟我们坐，娜儿。"于是我便挪到沙发上去，坐到他俩的中间。妈妈又开始抚摸我的头发，但她什么也没说。爸爸现在唱主角，从夏天以来他一直唱主角。

"你到底是怎么想的？"他问。他试图让自己的声音保持平稳，试图把恼怒、担忧和沮丧从声音里剔除，可并不成功。

我什么也说不出来。我不想像昨天晚上那样再次爆发，于是便咬着嘴唇，把膝盖抱到胸前，低头看自己的脚趾。妈妈把我搂住，让我紧挨着她。爸爸说："娜塔莉，为什么要去实验室？"

我觉得自己像含羞草一样又要缩回到原来的沉默状态了。这时，我告诉自己是时候了，不能再把一切都憋在心里了。"钴蓝兰花死了，我得再弄一株回来。"这理由听起来很简单，可事实就是这样。

"可是，娜塔莉，那株兰花……"妈妈刚说了一半就好像明白了什么。

她的脸上浮现出一种惊恐的表情，这大概是她从有状况以来第一次显露真正的情感。那若即若离的和善微笑以及无尽的茫然陡然间被这惊恐给打碎了。我没想到妈妈显露出的情感竟会是惊恐，这都怪我。

"噢，娜塔莉！"妈妈看起来很迷茫，爸爸一言不发。

看得出他在努力保持沉默，他想让沉默发酵。可是，还未等沉默笼罩住我们，我就已经开始诉说了。我不需要他引导，不需要。我已经厌倦了这种遮遮掩掩、沉默不语、小心翼翼的生活。这次我选择主动诉说。

我转向妈妈："你说过钻兰很神奇，你喜欢它，你爱它！可是它死了。我就想，要是能再找回一株来，也许我们就能重新来过，也许我们就能获得另一次机会，这一切就像没发生一样。我之所以参加高空坠蛋比赛就是为了赢得奖金去新墨西哥州，可是我们输了。特薇格说要和我一起坐飞机去，可这不可能，于是我们就去了实验室……"

"娜塔莉……"妈妈试图说话，可我不愿意停。我终于把思绪理清楚了，我终于能把心事公之于众了。

"我觉得你之所以难过，就是因为神奇的钴兰。因为你不能再做研究了，而你热爱研究胜过一切。我们自己的钴兰也死了，那是你拥有的最后一株，而你又不能重回实验室……"我没说完，因为这最后一句不是事实，她可以回实验室。

妈妈摇着头，脸上的表情和曼泽太太昨天晚上一模一样。我直想对她喊，别说出来！可我咬着嘴唇，还是任由她说。"娜塔莉，我们花房的那株花儿不是钴兰。曼泽太太给你的是一株德国鸢尾。"

我不懂了。我想对她说，妈妈你犯糊涂了，你在说胡话。我们的花儿当然是钴兰。

"钴蓝兰花非常少，娜儿，它们非常娇贵，我们把它们全都放在了实验室，是不可能拿来送人的。"

她急切地想让我明白这一点，可我不懂。

"当时，曼泽太太正为你和米凯拉的友谊破裂而感到难过。她想，要是你也有个事情研究研究，兴许就不会感到孤单了。德国鸢尾长得的确很像钴蓝兰花，但我没想到……"她缓缓地摇了摇头，把目光投向了另一个时间、另一段生活，"也许我应该想到。毕竟在这件事发生的几天前，我们一直在聊钴蓝兰花。"

其实我应该分得清鸢尾和钴兰，这两种植物并非那么相似。可是，当时的我完全被钴兰的神奇给迷住了。

妈妈继续往下说。这是这么多个月以来，我听她说过的最多的话。她像突然间想起了怎么说话一样。"当时我们确实在研究钴蓝兰花，因为我们觉得它处理有毒化学物质的能力可以被人类用来治病。如果运气好的话，这项研究将会产生重大影响。可我们的运气并不好。"

"我们没能把钴兰的特性分离出来，也没能把它嫁接到其他植物上去。我们申请的经费落空了，达娜作为实验室主任做出了艰难的决定。我们不得不终止了这个项目的研究。这件事对于我和她都是个沉重的打击。"

妈妈深吸了口气，默默地流下了眼泪。她绝望地看着爸爸，好像在等着他出手相助。而爸爸也看着她，从他的眼中我看到了同样的绝望——他很想救她，可不知道该怎么办。

"娜塔莉，"妈妈看着我说，这一回她是真真切切地看到了我，"我本应该跟你说说这些事，我们本应该好好聊聊。"

我摇了摇头，把脸埋在膝盖上。我不想看到爸妈眼里那充满歉意的眼神。我为我们所有人感到心痛，甚至还包括那株死去的德国鸢尾。因为，它终究不像我所认为的那样特殊。

"我爱你，娜塔莉。"妈妈在我耳旁说，"这段时间以来，我……我抑郁了。可这并不代表我不爱你了，我一直爱你。真是对不起。"她的声音在颤抖，好像那些话无比沉重，要将它们搬出体外根本不可能，可她还是说了出来，因为她爱我们。

"我们一定会渡过这个难关。"爸爸说。他的声音勇敢而坚定，好像在说，即便受到了最沉重的打击，他也会振作起来。为了妈妈，为了我，他愿意收拾所有的烂摊子。

"真是对不起，娜塔莉。"妈妈重复道。

我哭了，哭得没完没了，像是打开了一道闸，恨不得要把自己的一切都让泪水冲走。我继续在那里蜷缩，不敢抬头。我害怕看到爸妈现在的样子，因为他们已经不是我所熟知的爸爸和妈妈了。他们有了更多内涵，虽然既不完美也不神奇，但却真实。

我也变成了不一样的娜塔莉，真不知从今以后我们仨将如何在一起生活。

我一直哭到眼泪流干才罢休（这可真是不可思议）。爸妈一直搂着我，不肯放手。他们没有弃我而去，我们还在一起向前走，虽然走得摇摇晃晃，但却一步一个脚印。

1月15日
作业 39：被监督的电话

今天放学后，特薇格给我打了电话。"今天之所以能打电话，是因为我妈妈在工作，而伊莲娜又同情我。"因为半夜出走和违规进入实验室，我们俩的手机都被没收了。

"我之所以能跟你说话，是因为我爸爸正站在我旁边。"我回答道。爸爸在桌子对面给了我一个苦笑。妈妈下午去看心理医生了[①]，家里只剩下我和他。爸爸不愿意让我离开他的视线。现在信任成了问题，这倒不怪他。

"你被禁足了吗？"特薇格问。

"差不多吧。"我说。我拿不准这叫不叫禁足。爸妈要求我每天放学后按时回家，然后全家人一起共度家庭时光。这似乎算不上惩罚。"你呢？"我问。

"一样的。"特薇格说。"我妈妈对我们的大冒险很不以为然。好在我们还可以在学校里见面。"实际上我们今天已经在学校里见了面，但感觉还不过瘾。我们不得不装出一副一切都正常的样子，特别是在米凯拉面前。她不断地往我们这边投来异样的眼光，

[①]不是多丽丝。说起来有点不好意思，但我听说她找的不是多丽丝之后很感欣慰。信不信由你，我已经喜欢上了多丽丝，我希望她能成为我的专属心理医生。

我们尽量忽略她。

"经过这场风波之后我们依然是朋友。"我说。

特薇格哈哈大笑。"废话。"她说。

特薇格的快乐具有传染性，这也是我喜欢她的原因。

"你跟达里谈过了吗？"我问。今天达里没去上学。

特薇格犹豫了一下。"没有。我打了电话，但没人接。"

"希望明天能在学校里见到他。"

"嗯，我很为他担心。"特薇格有点哽咽了。我突然意识到，现在的特薇格和我之前认识的特薇格已经判若两人了。不晓得她是昨天晚上改变的，还是很久之前就开始改变了。也许这个新的特薇格早就已经出现了，只是我未曾注意。

"我得挂电话了。伊莲娜正满脸不高兴地看着我。我只是想问问你是不是一切都好。"

"我没事。"我说。

"那我们明天见。"

"明天见。爱你，特薇格。"

特薇格哈哈大笑："我也爱你，小古怪。"

我和她都变了，今后也还会接着改变，但无论发生什么她都将是我最好的朋友。

我们挂了电话之后，爸爸冲我做了个鬼脸。他摇摇头说："你们仨真的不应该偷偷溜出去。"

"我知道。"

接着，他似乎想说点什么，但欲言又止。

"想说什么就说吧。"我说。我希望他总能畅所欲言，不管想说的是什么。

他叹了口气："这件事件已经发生了……好在你们仨在一起，没人落单。"

我低头看着自己的手。爸爸继续说："娜塔莉，你有很好的朋友。"我无法直视他，因为他说得对。我的朋友确实好，也许我真的很幸运。

爸爸站起来，走到我身边。他蹲在我的椅子旁，握着我的手，说："除了他们，你还有妈妈和我。虽然我们做得不够好，但我们永远爱你。不管今后发生什么，娜塔莉，你永远都不会孤单。"

我端详着我们俩的手，爸爸的手指又细又长，很像奶奶。

"爸……"我逼着自己开口。我想问一个问题，虽然我已经知道答案了，但仍想听他亲口讲出事实。"妈妈之前也曾有过这种状况。她之前也曾抑郁过。"我本来想要问这个问题，但出口之后它却没有成为一个问句。

爸爸攥紧我的手："是的，在你很小的时候，你们母女俩在床上躺了一个月。"

我之前的预感终于得到了证实。这个闯入我们生活的让人无法理解的可怕病痛并不是个新发现，它一直就存在，只是我不懂而已。即便是现在我也不是很明白它到底是怎么回事，但我尽可能地去理解它。

"妈妈得抑郁症不是她的错。她一直想摆脱它，娜塔莉。"爸爸说。

"我知道。"

"我其实也在努力。"爸爸听起来像是在为自己辩护，"我也想早点给她找个医生看看，是真的。"

他看着我，生怕我生气，而我也确实有点生气。不过，连我自己都感到吃惊的是，我更多的感受是对妈妈康复的信心。

"我知道。"我对爸爸说，我也紧紧地攥住了他的手。

1月28日

作业40：花房

我在花房里找到了妈妈。花房里很暖和，窗户上都起了雾，走进花房就像走进另一个世界。

妈妈看上去又拾回了真实的自己，红棕色的头发又像从前那样用夹子夹在脑后，双手又都沾上了泥土。"这株小花要死了。"她说，"我在角落里发现了它。"

看着她把那株小小的"高丽之火"栽进土中，我便向她讲述了这株花的名字由来以及它如何开花、如何不畏严冬的故事。

"我本来是要把它送给你当作圣诞礼物。"我说。这一点她其实已经知道了——"高丽之火"上绑了个蝴蝶结，还附了一张贺卡，但我还是想让她亲耳听我说，因为我还在生她的气。

她沉默了很久，只是不停地按压着花盆里的泥土。其实那株花儿已经种好了。当她终于开口讲话的时候，声音清晰有力。"我喜欢它。"她说。

她又变回了我熟知的妈妈，做事时的利落发型，沾满泥土的双手，还有那神采奕奕的眼神。不过，她和从前的妈妈并不完全一样。我并不了解抑郁中的妈妈，我同样也不了解现在的妈妈。现在的妈妈包含着许多成分，既有希望，也有无助，既有好奇和勇气，也有失败与奋争。她并不完美，并非无所不知，但她依旧是我的妈妈，依旧是我最亲近的人。我依然爱她。

"我把鸢尾籽也种下了。"她指着一个空盆说。那里曾经生长过"钴兰"，那株被证明是既不神奇也不重要的稀松平常的鸢尾花。

"干吗还要种它？"我说。我掩饰不住声音里的怒气，我把一切都压抑得太久，现在它们全都要爆发出来。

妈妈总是到处栽种东西。即便花房里没地方了，她也要挤出一小块空间来。如果真的找不出任何空间了，她就到路边上找个地方。每当我问她为什么要栽种这么多植物时，她总是耸耸肩说："因为植物很美。"

所以，当我问完了这个问题之后，还以为她会给我惯常的回答：因为植物很美。结果她却认真地看着我，眼睛里充满希望，还有莹莹的泪光。她说："因为我们值得拥有第二次机会。"

5月17日

作业41：易碎物的科学

尼雷先生让我们这个星期做有关科学方法的课题报告。特薇格、达里和我就高空坠蛋这个课题做了联合汇报。因为特薇格负责带斯麦格的模型，那天早上她让她妈妈开车送她来学校。我是自己骑车来的。到学校以后，我正在锁自行车，正好碰见米凯拉从她家的车里钻出来。爸爸妈妈通常把这种情况看成是偶遇，但我却觉得这是命运的安排。

这个时候仿佛有两个我，一个是过去的娜塔莉，正准备缩着脑袋，匆匆走进教室；另一个是全新的娜塔莉，准备无所畏惧地往汽车走去。结果，新的娜塔莉占了上风。我昂起头，迈步往前走。

"嗨！"我走到车边就打招呼。

米凯拉正从后座往外拿一个装满了盆栽植物的硬纸盘。她看着我，脸上的表情并没有显露出十分的惊讶。

曼泽太太把副驾驶的车窗降下来，对我说："你好，娜塔莉！"

"您好！"我打招呼道。有时候，在别人见过自己最真实的一面之后，最简单的话语就足够了。"你需要帮忙吗？"我问米凯拉。倒不是因为我真的很想帮忙，而是因为我觉得应该有所表示。

"我能行。"她一边说一边把手里的硬纸盘调整好，接着用大腿"啪"的一下把车门关上。她没有接受我的表示，我倒是觉得很释然，因为我们毕竟还没到"手捧植物唱着歌、蹦蹦跳跳进校园"的程度。

"祝你们有愉快的一天。"曼泽太太说。她露出一个会意而慈祥的微笑。我没躲闪，也冲着她笑了。

她开走以后，米凯拉和我走进校园，我们一起走上通往三楼的楼梯。为了让两只手都有点事干，我把两个大拇指勾在双肩包的背带上。在这种情形下，过去的我是不会开口讲任何话的，但经历了最近的"敞开心扉"之后，我感觉很好。于是我说："我搞不懂你为什么不和我做朋友了。"

米凯拉转过脸来看着我。有那么一瞬间，她的脸上闪露出一丝惊喜。她的眉毛上扬，嘴巴微张，就好像我说的话让她惊讶得来不及翻白眼和对我进行嘲笑。"我没有不和你做朋友啊。"她说。

我目不转睛地看着她，试图想出一个恰当的回应。可当你发现别人生活在一个完全不同的世界时，你又能说些什么呢？

"你和特薇格成了最要好的朋友。我根本不是她的对手。她在你的眼里又闪亮又完美，我能怎样？"说完，她翻了翻白眼，以示强调，"话说回来，你们俩也太怪异了。"

"米凯拉，"我说，其实我并不太理解她说的话。不过，这么长时间以来我一直考虑的都是米凯拉如何伤害了我，却没有静下心来去想其实我也伤害了她，"对不起，我不是故意……"

米凯拉又翻了个白眼。"无所谓，娜塔莉。我已经不在意了。顺便说一句，我已经知道前几天发生的事情了。你们几个闯进实验室，实在是愚蠢了。"

我张开嘴，想告诉她不要声张。她却看着我，叹了口气："别担心，我不会告诉别人。我谁也没告诉，是不是？"

四年前，我和米凯拉一起挑选植物，制作想象中的万能药。两人之间没有一丝不和。四年前，那时的我们是多么不同。

"谢谢。"我说。

一抹微笑出现在她唇畔，她想藏也没藏住。"你可真是无趣，我都懒得说你的闲话。"

我们走到储物柜旁，我帮她把硬纸盘塞进柜中。她没说什么感激的话，似乎也没有这个必要。我们也许再也做不成最好的朋友了，但我们两个人的关系没必要像以前那么僵。也许今后我们会相处得很好。

我走到达里的储物柜旁和他坐在一起，他正在为我们的报告做最后的润饰。他还处于"禁足"状态，也许将"永世不得翻身"，但这似乎并没有对他的生活造成多大改变。他依旧像往常那样认真做家庭作业。

此时，他正趴在我们的展板上进行第一百万次的核对。他把事实和数字写在展板的中央，并且在周围画了一圈微笑着的鸡蛋，为的是增加一点"艺术设计"的感觉。他用的是圆规，所以鸡蛋看起来更像是一圈快乐的圆点花纹。在我看来，这个设计很完美。

特薇格在第二遍铃响之前才匆忙赶到学校。她挥舞着皱巴巴的演讲稿从楼梯间里钻出来。一看到达里设计的鸡蛋边框，她立马尖叫一声，一把将其搂住。

一切进展顺利。

那天的科学课上，我们这支团队率先做了汇报。达里希望我们第一个做报告，我想他劳苦功高，这个要求应该予以满足。我们仨都谈了斯麦格，接着特薇格着重讲述了运动速度的影响，达里着重讲述了角度的影响。

轮到我汇报我的研究课题和科学发现时，我说："我一直好奇易碎物为什么易碎，应该如何保护它们。"

我把视线转向尼雷先生。他咧着嘴笑了，因为这虽然不是与科学最相关的研究课题，但是没有错。

作为布置给我们的最后一道作业，尼雷先生要求我们选取其他同学的报告进行思考。他刚把这个要求说出口，我就知道我会选择谁的研究课题。不过，当米凯拉做报告的时候，我还是为自己的举动感到惊讶，我拿出了笔记本，并进行了如下观察。

- 米凯拉·曼泽栽种了盆栽植物。
- 她解释说，第一盆植物是对照植物，它是在阳光下生长的。第二盆和第三盆是在盒子里生长的，一个盒子的左侧开了几个洞，一个盒子的右侧开了几个洞。
- 第二盆和第三盆里的植物都长弯了。它们向着洞口生长。为了逃离黑暗、迎向光明,第三盆里的植物甚至从洞口里钻了出来。
- 尼雷先生说米凯拉做得非常好。不过，他补充说，她还可以用一盆完全生长在黑暗里的植物来进行对照。
- 米凯拉·曼泽说尼雷先生说得对，她确实没想到这一点。其实我了解米凯拉。她想到过，只是她不忍心扼杀任何生命。
- 米凯拉·曼泽拽了拽自己的辫子，说她汇报完毕了。
- 米凯拉·曼泽的身上闻起来还是有股防晒霜的味道。

第八步：分析结果

　　你从实验结果里学到了什么？你可以在哪些方面有所改进？

　　现在，你的科学探索之旅告一段落。希望你们和我一样在探索、研究和实验的过程中感受到了快乐！星期五的时候记着把实验笔记交上来。祝你们有一个愉快的暑假！

　　#完结

5 月 30 日
作业 42：分析及其他

这段时间我一直在琢磨多年生植物。生命有时候为了生存必须转入地下，将自己埋藏起来，这也许不是个坏事。因为必要，所以可被接受。

现在，那些植物全都开花了，正迎着太阳生长。不知不觉，这个学期结束了。

我们要交实验笔记了。我想过跟尼雷先生撒谎，说我把笔记本丢了。原因是我不怎么好意思把我的实验笔记本交上去。老师要求我们用科学的方法客观地观察世界，而我显然没有这么做。

不过，尼雷先生最初布置这道作业的时候，让我们找一样感兴趣的事物用心研究，这一点我做到了。尼雷先生，这就是我的观察，这就是我的心。

去年，当英语老师发给我们作文本，让我们把心里话都写下来时，没有人认真对待。我们想，多么可笑，怎么可能把秘密写出来让别人看？

可是不知怎的，这本探索日记竟成了我做过的最重要的作业。

在接受多丽丝的心理治疗时，我曾和她聊起过此事。当时她喜出望外，表现出心理治疗师特有的傻乎乎的热情。"太好了！"她说，"你找到了一个出口，能够用这种方法表达自己了。"

可是不知道为什么，自从那天在花房里和妈妈待过之后，我就不想写了。我当然不能把这件事情告诉多丽丝。要知道，之前她是多么激动。可事实是，我突然之间就不再需要用这种方式来表达自己了。

因为，我可以畅所欲言了。

妈妈、爸爸和我现在可以非常坦诚地进行交流。老实说，妈妈还没有完全回到从前的状态，但她在接受心理治疗，每周两次。她甚至已经开始上班了，尽管只是半工半休。她能做到这样是下了非常大的决心，作为女儿，我为她感到自豪。

奇怪的事情也有，那株德国鸢尾始终没有长出来。我和妈妈一直在等，可那粒花籽就是不发芽，而侥幸活下来的"高丽之火"已经在它的周围开出了花朵。

"我觉得可以放弃了。"我说，我和妈妈正在花房里除草、浇水。自从种下鸢尾花籽，已经过去一个多月了，但我和妈妈还是没有很多话可说。有时候她的状态非常不好。但不管怎样，我们俩每天都肩并肩地待在花房里，虽然这里并没有太多活儿可做，这就是我们表达自己努力的方式。

妈妈叹了口气。"不能放弃，娜塔莉，"她用手抚摸着那片光秃秃的泥土，"我们接着努力，种点别的试试。"

于是我们再次来到了商场的花圃。我们把花圃里所有的鸢尾花籽都买了下来，各种颜色的都有，还买了些兰花籽。

这些花儿很快就都长出来了，简直是在一夜之间发了芽，像是有魔法在帮助它们。如果说不是因为魔法，那就要归功于科学，要不就是介于魔法与科学之间的某种东西。总之，它们几乎开遍了花房里的每一个角落，五彩缤纷，那茁壮成长的态势真可谓勇猛、自信、坚强。

它们从无到有，转眼间姹紫嫣红。

我和妈妈在花架间漫步，抚摸着它们。在那只空荡荡的盆前我们停了下来。"钴兰"死了以后再也没有什么能从这个盆里长出来。我相信其中定有原因，一定可以用某种科学理论来进行解释。然而，就我而言，其中的意义远大于此。

这个空荡荡的存在无疑是在提醒我们记住这段历程。看着它，我倚靠在妈妈的身上，吸吮着她黑巧克力般的气息。

也许有一天，我们会一起去新墨西哥州，造访那片神秘的蓝色田野。我们一起徜徉在鲜艳的花丛间，畅谈过去几个月乃至几年间所发生的一切。终归有一天，妈妈会把她所经历的复杂而混乱的状况向我诉说，而我也会对我的观察进行解析。之后，我们会携起手来向前走。我们总在变化，也总在成长。

此刻，在这个充满了生机、光亮与第二次机会的花房里，我和妈妈相偎相依。事实证明，你并不总能保护得了易碎物。鸡蛋会碎，心也会碎，一切都在变化中。然而，不管发生什么，我们只能砥砺前行。

因为，科学总是在提问，而生活就是不惧回答。